KB196152

수술실에서 보낸 3만 시간

일러두기

이 책에 등장하는 일반 환자의 이름은 모두 가명이며, 실명으로 언급된 분들의 이야기는 사전 동의와 허락을 받았습니다. 특히, 이 책에서 다룬 유명 운동선수 등의 수술이나 질병에 관해서는 여러 언론 매체를 통해 이미 밝혀진 내용임을 말씀드립니다.

수술실에서 보낸 3만 시간

김진구 지음

꿈의지도

내가 돌팔이라는 말을 좋아하는 이유

어느새 까마득한 옛일이 되어버렸다. 처음으로 흰 가운을 입고 청진기를 들었던 날. 실습이나 가상이 아니라 진짜 환자에게 다가가는 건 초보 의사에게 무척 떨리고 긴장되는 일이었다. 환자한테 무엇을 물어야 할지 몰랐던 그때. 환자가 불편하다는 말이 어떤 의미인지, 의사로서 어떻게 받아들여야 할지, 좀더 의미 있는 정보를 얻기 위해 어떤 것을 추가로 물어보아야 하는지조차 망설여지던 시절. 난 명백히 '돌팔이'였다.

다행히 그날의 당혹스러움과 부끄러움이 내게 '돌팔이 탈출'이라는 목표를 만들어 주었고, 거듭거듭 실패하면서도 포기하지 않은 덕에 간신히 돌팔이 신세를 면하긴 했다. 하지만 여전히 '돌팔이'라는 단어는 나에게 의미가 크다. 정겹고 편한 느낌뿐 아니라 의사로서 나의 '처음' 자리가 어디였는지를 상기시키는 말이기 때문이다.

내 자신이 고작 돌팔이에 불과하다는 자각은 불손함을 내려놓고 인간적으로 환자에게 다가가도록 만들었고, 어떻게든 환자 앞에서 최선을 다하고자 하는 열정에 불씨를 당겼다. 전문가로 성장하는 길에 겸허함과 성실함도 보태주었으니, '돌팔이'라는 말에 빚진 게 많다.

전문가, 명의, 최고의······. 어느 순간 주변에서 이런 수식어를 관용어처럼 붙인다. 여러 번 들어도 익숙하지 않다. 그런 말을 들을 때면 돌팔이라는 말을 일부러 더 끌어다 붙이곤 한다. 나의 처음을 잊지 않기 위해서다. 어쩌면 이 책을 내는 이유도 그때문인지 모르겠다. 마지막 순간까지 초심을 기억하겠다는 나름의 고군분투!

언젠가부터 돌팔이 시절을 기억하기 위해 내가 만났던 여러 환자들과 그때의 이야기를 조금씩 글로 쓰기 시작했다. 그리고 그 글의 제목을 스스로 '돌팔이 일지'라 지었다. 어떤 거창한 미사여구로 포장하더라도 이 글은 '돌팔이 일지'에 불과하므로.

짧지 않은 세월을 한 분야의 전문가로, 학자이자 교수로 살

왔다. 돌아보니 좁고 녹록지 않은 길이었다. 무엇을 위해 그토록 애썼나 허망함과 회한도 없지 않다. 그러나 그럴수록 돌팔이 시절 품었던 첫 마음을 되새기고 싶다. 부족하고 부끄러운 삶이었지만, 그냥 '이렇게 산 사람도 있구나.' 작은 틈새로 흥미롭게 들여다봐주면 좋겠다.

요즘 한국 의료는 참 아프다. 어둡고 암울한 시기에 의사로서 마음 한가운데 풀지 못한 실타래가 뒤엉켜 있다.

특히 안타까운 건 큰 변화와 여러 갈등 안에 아픈 환자의 이야기가 없다는 것이다. 의사가 있어야 할 자리는 아픈 환자의 곁이다. 그것은 피할 수 없는 의사의 숙명.

무거운 돌덩이가 마음을 짓누를수록 무언가를 남겨야 한다는 강박이 커졌다. 더 늦기 전에, 더 병들기 전에 작은 기억 하나를 남겨야겠다는 조급함도 일었다. 어쩌면 그런 강박과 조급함은 한 시절이 떠나간다는 안타까움 때문이기도 했으리라.

옛날 시골 간이역의 열차가 사라지는 것처럼 우리 곁에 항상 있었던 열차가 영영 떠나가는 느낌이 든다. 난 외롭고 적막한 어느 시골 기차역 벤치에 앉아 천천히 멀어져 가는 열차를 바라본다. 뛰어가서 붙잡고 싶은 어떤 인연이 열차 안에 있는 것도 아니고, 소리치며 떠나는 기차를 막아 세울 절박함이 있는 것도 아니다. 그러니 그저 빙그레 웃으며 떠나는 열차를 바라본다. 한 시절이 속절없이 흘러간다. 그래. 열차는 낡았지만 제 역할을 다 해냈지. 한눈 한 번 팔지 않고 열심히도 달렸지.

'장강의 뒷물이 앞물을 밀고 간다.' 라는 중국 속담이 있다.

옛 사람은 가고 새로운 사람이 오는 법. 옛날 기차는 떠나갈 테고, 대신 후학들이 앉아 있는 신축 청사 기차역에는 새로운 기차가 더 빠르고 힘차게 달릴 것이다.

다만 한 가지, 아무리 세상이 바뀌어도 변하지 않을 한 가지가 있다. 그것은 바로 환자와 의사의 깊은 유대(라포, Rapport)다. 이 책을 읽는 당신이 환자든, 의사든 이 말만은 꼭 기억했으면 한다. 어둡고 힘든 때일수록 처음 품었던 서로 간의 신뢰를 기억했으면 좋겠다. 아픈 자신의 몸을 맡긴 환자에 대해, 아픈 몸을 치료해 줄 의사에 대해 최소한의 신뢰와 예의만 간직해 준다면 좋겠다. 그것만 있으면 부족함 많은 돌팔이 의사라도 그럭저럭 행복할 것이다.

떠나간 기차는 아름답다. 잘 떠나기 위한 채비를 하며 긴 철길 위에 서 있다. 아득한 소실점 그 끝을 바라보며.

김 진주

Contents

PART 4 별처럼 빛나는 나의 환자들

PART 5 낭만 닥터

PART 6 어떤 돌팔이 의사의 꿈

PART 1

돌팔이 일지

새벽 네시, 명동성당 종소리

서울 중구 저동2가 서울백병원. 스무 해 넘게 그곳에서 일했다. 전공의 시절에는 집에 가는 날보다 못 가는 날이 더 많았다. 어쩌면 '그곳에서 일했다'라는 표현보다 '그곳에서 살았다'는 표현이 맞을지 모르겠다. 일주일에 한 번, 집에서 속옷가지를 챙겨서 가져다주면 그걸 미처 다 갈아입지 못하고 일주일을 보낸 날도 더러 있었다. 전공의에게 제때 씻고, 제때 먹고, 제때 자는 일은 그림의 떡이었다. 병원 밖 날씨가 어떤지, 비 오는지 바람 부는지조차 모른 채 병원 안에서만 몇만 보를 걸어 다녔다. 몸과 마음 어디에도 촉촉함이라고는 없이 모래알처럼 건조하고 까슬한 날들을 보냈다.

신은 분명 공평하게 누구에게나 똑같이 하루 스물네 시간을 허락해 주었을 테지만, 전공의에게는 시간이란 것이 날마다 턱없이 부족했다. 매 순간 부족하고 모자란 자신의 실력과 맞닥뜨려야 하는 게 일이다 보니 어쩔 수 없었다. 시간을 쪼개고 쪼개어 쓰는 수밖에는. 그래도 안 되면 잠을 줄이는 거고.

언제 어느 때 갑자기 잡힐지 모르는 응급수술과 전쟁터 같은 외래진료가 끝나면 회진을 돌았다. 회진 돌 때마다 쏟아지는 교수님들의 지시사항을 받아적고 돌발 질문에 답하다 보면 마치 지뢰밭 사이를 피해 다니는 병사의 심정이 되었다. 어디서 어떻게 터질지 모르는 폭탄을 피해 긴장감을 디딤돌 삼아 걸어야 했다. 아무리 밤 새워 공부를 해도 화살처럼 날아오는 질문에 제대로 답변하는 것조차 만만치 않던 돌팔이 시절이었다.

읽어야 할 논문은 산더미인데 눈꺼풀은 우주를 떠받치고 있는 건지 무겁기가 한이 없었다. 허벅지를 꼬집어 가며 숙제를 해야 다음날 또 전쟁 같은 하루를 그럭저럭 보낼 수 있으니 억지로라도 눈을 부릅떠야만 했다.

그러다 콜이 오면 허겁지겁 응급실로 뛰어내려 갔다. 우는 아이, 토하는 어르신, 갑자기 구급차에 실려온 임산

부. 북새통 속에서 일하다 보면 몇 시쯤 된 건지도 알 수 없었다. 창밖은 내내 어두컴컴했고, 병원 응급실의 형광등 불빛은 눈이 시리도록 밝았다.

밤인지 새벽인지도 모른 채 링거와 링거 사이를 허깨비처럼 왔다 갔다 했다. 그러다 엘리베이터를 타면 그제야 내 발이 보였다. 양말에 구멍이 나있거나 신발을 짝짝이로 신고 있기 일쑤였다. 삐죽삐죽 거뭇하게 올라온 수염과 떡 진 머리, 퀭한 눈동자. 피로가 누더기 위 더께처럼 온몸에 들러붙어 있었다. 한심하기 그지없는 몰골이었다.

딱 그때쯤이었다. 어디든 쓰러져 눕고만 싶은 그 순간. 어김없이 새벽 어둠을 가르며 종소리가 울려 퍼졌다. 병원 근처 명동성당에서 새벽 네시가 되었음을 알리는 종소리였다(지금은 몇 시에 종이 울리는지 모르겠지만).

새벽 네시. 누군가는 단잠에서 깨어나는 시간일 테지만, 돌팔이 인턴에게는 잠시라도 눈을 붙여야 하는 시간이었다. 응급환자가 있어 혹시라도 그 시간을 놓치면 꼬박 밤을 새워야 한다는 뜻이기도 했다. 명동성당의 종소리를 들으며 굴 속 같은 의사 당직실 이층 간이침대로 기어들어가면 기절하듯이 잠에 빠져들었다. 내가 좋아하는 인디 가수 오지은의 노래 제목처럼 '익숙한 새벽 세시'가 아니라 '익숙한 새벽 네시'였다.

성당의 종소리를 알람 삼아 잠들던 나의 취침 시간. 포근한 이불도, 굿나잇 인사도 없이 쓰러지듯 눕던 날들이었다. 꿈꿀 새도 없이 눈 한번 감았다 떴을 뿐인데 감쪽같이 두어 시간이 흘러 있곤 했다. 가위로 싹뚝 오려낸 것처럼 '순삭'이었다. 꿀잠에서 깨어나 다시 현실로 돌아오기까지 그 시간은 참 짧고 달았다. 어슴프레 밝아오는 새벽 하늘은 무지개처럼 아름다웠고 신기루처럼 멀었다.

정호승 시인은 〈명동성당〉이란 시에서 '바보가 성자가 되는 곳 / 성자가 바보가 되는 곳'이라고 했던가. 나에게 명동성당은, 아니 명동성당의 종소리가 울리던 새벽 네시는 '바보 돌팔이가 의사가 되는 시간'이었다. 늘 그 시간까지 깨어 있었던 덕분에 부족한 돌팔이였던 내가 지금껏 무사히 흰 가운을 입고 살아가는 것일지도.

서울백병원 그 차갑고 긴 회색 복도 끝까지 새벽 종소리가 은은하게 울려퍼지면 밤새 자지러지게 울던 고열의 아이도 엄마 등에 업혀 까무룩 잠이 들고, 밤새 신음하던 노인의 거친 숨소리도 잠시 잦아들었다. 밀려들던 응급 환자도 조금 뜸해질 무렵 새벽 네시.

'아, 나도 이제 잠깐 눈을 붙어야 해.'

긴장과 피로와 한숨이 한꺼번에 녹아내리던 시간. 창밖으로 부슬부슬 비가 내리면 명동성당의 종소리는 더욱 멀리까지 스며들었다. 어쩌면 마음 깊은 곳의 세포 하나하나까지도 움직일 만큼 경건하고 숭고한 소리였을지도 모르겠다. 하지만 그때 나에게는 오직 자야 할 시간을 알리는 취침 사이렌 같았다. 기도로 하루를 마감할 새도 없이 누우면 바로 잠들곤 했던 어느 종합병원 돌팔이 의사였던 나에게는.

그 시절의 수면 습관 때문일까? 나이 탓일까? 지금도 하루 다섯 시간 이상 온전히 자지 못할 때가 많다. 희뿌옇게 새벽 하늘이 열릴 때까지 깨어 있는 어떤 날에는 환청처럼 멀리서 명동성당의 종소리가 들려오는 것만 같다. 이젠 어서 자야 할 시간이야, 재촉하듯이.

공포의 아침 콘퍼런스

의사에게는 누구나 전공의 수련 시절에 겪은 애잔한 추억들이 있다. 남자들이 술자리 안주로 군대 무용담을 두고두고 우려먹듯이. 나 역시 혹독한 질책과 실수의 기억, 어록에 가까운 주임 과장님의 독설에 대한 기억을 품고 산다. 며칠 전에도 나의 '큰 머리' 때문에 농담을 하다가 그때 그 시절 이야기 하나가 문득 떠올랐다. 바로 공포의 아침 콘퍼런스!

아침 일곱시 삼십분에 시작하는 콘퍼런스 준비를 위해 우린 거의 매일 밤을 새웠다. 단순히 입원한 환자들의 상태만 보고하는 게 아니라 엑스레이 설명도 하고 진단도 내리고 치료 계획도 발표하고, 질환에 대한 기본 설명도 준비해야 했다. 발표 후에는 엄청난 질책과 꾸중이 쏟아졌기 때문에 매일 아침 식은땀을 흘릴 만큼 공포스러운 시간이었다.

어느 날은 한 원로 교수님께서 발표를 마친 나에게 빙긋 웃으며 말씀하셨다.

"소는 머리는 크지만 잘 돌아가지는 않지. 네 큰 머리는 사람의 머리인데 왜 어깨 위에 놓인 장식품처럼 쓰지를 않지?"

내 발표 때 뒤에 서 있던 전공의들은 여기저기서 킥킥 웃었다. 이 일화는 거울을 볼 때마다 '큰 머리를 잘 쓰면서 살아야겠다.'고 다짐하는 계기가 되었지만.

당시 주임 과장님은 전공의들 야단치는 게 본인이 해야 할 가장 숭고한 일이라는 교육 소신에 충만한 분이셨다.

1년차가 발표를 하고 과장님들의 질문에 응대를 하지만 답을 못하면 여지없이 2, 3, 4년차까지 차례차례 질문이 올라간다. 그래서 전 의국원들이 예외 없이 다 열심히 준비를 해야 했다. 윗년차가 답을 못하면 "1년차와 차이가 없다. 한 가지 차이는 병원 밥 더 먹고 멍청해졌다는 점?" 이런 식으로 자존심이 구겨지도록 호되게 야단 맞기 일쑤였다. 내가 2년차 때 담당했던 1년차 선생은 똑똑했다. 우린 함께 신환(새로운 환자) 준비를 하며 새벽 네시에 울리는 명동성당 종소리를 참 많이 들었다.

매우 어려운 환자를 보게 된 어느 날이었다. 다리에 힘이 없어 걷다가 자꾸 넘어지는 환자였다. 그런데 엑스레이는 목 사진밖에 없었다. 정상은 아닌 것 같은데 딱히 문제가 보이지는 않았다. 하도 답답하여 자정이 넘어서까지 환자 옆에 붙어서 이것저것 귀찮게 했다. 결국 참다 못한 환자가 자기도 잠 좀 자야겠다며 버럭 폭발하는 것이다. 할 수 없이 우린 그저 멍하니 앉아서 목 사진만 뚫어지게 보다가 갑자기 무릎을 쳤다. 유레카! 어느 순간 떡하니 이상 소견이 크게 보인 것이다.

"이게 다 뼈였어?"

갑자기 보이는 광명에 둘은 서로 얼싸안고 기쁨과 흥분을 감추지 못했다. 인터넷이 없던 시절이라, 그 야밤에 의학 도서관 문을 열고 들어가 논문을 찾고 또 찾았다. 우리 딴에는 정말 완벽하게 콘퍼런스 준비를 한 것이다.

"내일은 틀림없이 칭찬을 받을 것이다!"

우리는 의기양양하게 아침을 맞았다. 아침 첫 수술이 있던 나는 이 1년차 친구의 발표를 듣지 못한 채 수술실로 향했다. 그런데 점심시간이 되자, 이 친구가 약간 기죽은 채로 내게 다가왔다.

"아침 발표 잘 했니? 우리가 준비한 것 다 발표했지?"

"아니요. 반도 제대로 말을 못했습니다."

"뭐? 왜 그랬지? 완벽했잖아? 진단이 틀렸어?"

"아니요. 맞았습니다."

"그런데 왜?"

"발표를 하는데 과장님께서 자꾸 화를 내시며 월북을 강요하셨습니다."

"뭐? 이거 심각하군."

그랬다. 사태가 심각했다. 너무 논문을 열심히 들여다본 나머지 이 친구는 흥분을 하여 십분 동안 누구는 뭐라 말했고, 누구는 뭐라 했고 어떤 논문에는 이런 말도 있었다 등등을 한참 동안 늘어놓았던 것. 꾹 참고 발표를 듣던 과장님이 끝내 버럭 화를 내신 것이다.

"이 친구는 자기 이야기나 판단은 하나도 없고 남들이 떠든 이야기만 앵무새처럼 늘어놓고 있네. 그렇게 자기 주장이 없어서야 어떻게 정형외과를 하나? 북한에 올라가 주체사상이라도 배워 오든지 줏대를 키우든지!"

그날, 우리가 처음 월북 종용을 받았을 때 혼자 생각

했다.

'3호선 구파발역까지는 가겠는데 그후엔 뭘 타고 북쪽으로 올라가지?'

아주 곰곰이 진지하게 생각했지만 답을 찾지 못했다. 아마도 그때까지 내 어깨 위에 있던 머리는 장식품이었던 게 틀림없다. 농담을 섞어 야단을 치는 과장님의 비유조차 무조건 실행해야 하는 명령으로 여기는 단순 무식한 조직의 실행원이었다.

그날 이후로도 우리는 종종 자기 판단이나 의견을 정리하지 못할 때마다 과장님께 월북과 주체사상 학습을 강요당했다. 그 공포 덕분에 다행히 문헌 검색을 하고 나면 항상 자신의 생각을 정리하여 자기 판단을 내리는 훈련을 하게 되었다.

여전히 월북하는 방법은 찾지 못했고, 이제는 3호선이 구파발을 넘어 훨씬 북쪽으로 간다는 것을 알게 되었지만 더 나이 먹기 전에 당시 과장님의 어록을 만들어야겠다는 생각이 있었다. 장식품에 불과했던 내 커다란 머리를 조금이나마 쓸모 있게 만들어 준 건 무엇보다 그 공포의 아침 콘퍼런스였으니까.

혐오하거나 추앙하거나

'왕관을 쓰면 편히 쉴 수 없다. 왕관을 쓰려는 자, 그
무게를 견뎌라.'

영국의 위대한 작가 윌리엄 셰익스피어William Shakespeare
가 그의 역사극 〈헨리 4세〉에서 한 말이다. 그리스 신화에
나오는 〈다모클레스의 칼〉 이야기를 빗대어 왕관을 쓰려
는 사람의 책임과 무게에 대한 화두를 던진다.

고대 그리스 디오니시우스 왕은 신하 다모클레스가 왕
의 권력과 부를 부러워하자 기꺼이 자신의 왕좌에 앉아보
게 하였다. 다모클레스가 조심스럽게 왕의 자리에 앉은 후
천장을 바라보니, 그 위에는 가느다란 실에 매달린 칼이
있었다. 언제 자신의 머리 위로 떨어질지 알 수 없는 칼!

이 신화는 주로 권력을 탐하는 정치인들을 꾸짖고 깨우치는 예화로 언급되지만, 이 시대의 또 다른 기득권층이 되어버린 의사에게도(혹은 의사가 되려는 사람에게도) 새겨볼 만한 이야기가 아닐까.

공부 잘하는 학생들이 의대를 가기 위해 공대를 자퇴하는 일이 비일비재하다. 비단 어제 오늘만의 문제도 아니다. 의대 쏠림 현상은 꽤 오래됐고, 고질적이다. 입시전형을 아무리 고쳐도 소용없다. 대학을 이미 합격해 놓고도 의대를 가기 위해 반수를 하는 학생들도 많다.

'의사가 되고자 하는 학생들은 많은데 의료 현장에서는 필수 의료가 붕괴될 정도로 의사가 부족하다? 그럼 의대 정원을 늘리면 되겠네!'

이런 결론을 쉽게 낸다면, 너무 단순한 생각이다. 의대 정원이 늘어난다고 지방 의료나 필수 의료 붕괴가 해결될까? 아무리 의대 졸업생이 많아져도 다들 돈 잘 벌 수 있는 동네에서 돈 잘 버는 진료과만 개원하고 싶어 할 텐데?

힘든 인턴, 레지던트 과정을 하지 않겠다는 의대생도 많다. 굳이 전문의를 따지 않고 그냥 의대만 졸업해서 개원하려는 이들도 많다.

'열심히 밤낮으로 배우고 익혀 어려운 수술해 봤자 의료 사고에 대한 부담만 늘 텐데 굳이 뭐 하러?'

공부 잘하는 학생들일수록 위험한 수술은 기피하고 좋은 동네에서 빨리 개원하여 피부 주름 환자를 열심히 보고, 쌍꺼풀 수술을 최고로 잘하고 싶어 하는 게 꿈이 되었다. 위험한 수술이야말로 머리 위에 칼을 올려두고 사는 두려움과 책임의 무게를 동반하니까.

'덜 힘들고 더 많이 돈을 버는 방식'을 선택하는 현실. 의사도 예외는 아니다. 안타깝지만 자본주의 사회에서 그 선택을 무조건 나무랄 수도 없다. 그렇다고 오로지 돈벌이만을 위해 과잉 진료를 일삼고, 위험한 수술은 안 하고, 돈이 되는 진료만 하겠다는 의사에게 마냥 박수를 쳐줄 수도 없다. 그 몇 명의 의사들 때문에 진료 현장에서 묵묵히 온갖 고생을 다 하시는 많은 선생님들까지 한통속으로 취급당하는 게 안타까워서. '돈밖에 모르는 이기적인 의사 집단, 감기 환자 보면서 보톡스나 놔주는 사람들'이라는 비아냥과 모멸을 받기에는 현장에서 애쓰시는 분들이 여전히 많이 계신 게 사실이니까. 또 기득권자로 살아온 내가 현실을 개탄한다고 한들 학생들 귀에 들어올 리도 없다. 평생 수술과 논문을 붙들고 환자를 위해서 살아야 진짜 의사라고, 의대 교수로서 젊은 의사들에게 책임과 희생을 강요할 수만도 없다. 사회적 부와 존경을 한몸에 받는 왕관을 버리고 무게만 어깨 위에 짊어지라는 말이 합당하지도 않다. 정답은 무엇일까.

같은 성적이면 공대보다는 의대를 가는 게 백 번 낫다고 말하는 현실이 누가 봐도 정상적이지는 않다. 초등학교 때부터 의대에 가기 위해 밤늦게까지 학원 순례를 다니는 아이들 이야기를 들으면 마음이 답답하다. 사방이 벽으로 가로막힌 공간에 놓인 것 같다. 한 걸음도 더 나아갈 수 없는 꽉 막힌 어떤 벽. 우리 사회가 비정상에서 정상으로 가는 길은 정녕 요원한 걸까.

그렇다고 마냥 비관에 사로잡혀 절망하고 있을 수만은 없다. 변화와 희망은 가장 큰 절망을 딛고 더디게 온다. AI 시대, 인간의 미래 기술은 어쩌면 지금 우리가 고민하는 난제들을 해결해 줄는지도 모르겠다. 앞으로는 의사라는 직업과 인간의 질병이 현재의 모습과는 전혀 다르게 다루어질지도 모르니.

다만, 세상이 어떻게 변하든 누군가 의사라는 흰 가운을 입고자 한다면 이 말만은 기억해 주길 바란다. 의사라는 타이틀을 다는 순간 머리 위에 칼이 놓이는 것이나 다름없음을. 생명을 다루는 일은 그만큼 무거운 책임감을 견뎌야 하는 일이라는 것을. 돈과 명예라는 화려한 왕관보다 앞서는 것은 언제나 사람. 의사는 어떤 경우에도 환자의 곁에 남아 있어야 한다. 설령 그 환자가 의사를 극도로 혐오하는 사람이라고 하더라도.

어느 겨울날의 사체 실험실

살을 엘 듯이 추운 한겨울. 피츠버그 대학 한가운데 우뚝 솟은 배움의 전당Catheral of Learning 건물 주변으로 휘감기는 바람은 몸뿐 아니라 마음까지 후벼파곤 했다. 밤 아홉시 무렵까지 건물에 남아 있는 사람은 나 혼자였다. 실험을 시작할 때마다 사체를 혼자 마주해야 하는 두려움에 기도를 드렸다. 망자를 위해 나만의 의식을 치른 후 천천히 피부부터 조금씩 벗겨냈다.

아무도 도와줄 이 없는 곳에서 혼자 해야 하는 사체 해부. 양손에 열 개의 비닐 장갑을 끼고 방수가 되지 않는 카메라를 보호할 비닐 백을 연신 바꾸었다. 한 층의 해부가 진행될 때마다 생생하게 사진을 찍고 눈으로 본 소견을 적어 내려갔다. 한 층에 대한 사진 촬영과 서술을 마치고 나면 장갑 하나를 벗고, 그다음 층 해부를 이어갔다. 이렇게 하다 보니, 하룻저녁에 한 구의 사체 해부를 겨우 마칠 만큼 더딘 속도였다.

2002년 미국 피츠버그 대학 연수 시절, 난 한국에서 하기 힘들었던 연구를 많이 해보고 싶은 마음에 늘 조급했다. 무릎관절에 아직 잘 알려지지 않았던 후외측 인대 구조를 이해하고 당시 가장 어려운 수술로 알려진 후방십자인대 재건술과 동반되는 후외측 인대 재건술의 수술 방법을 개발하는 것이 목표였다. 그러나 연수지의 현실은 그리 호의적이지 않았다.

당시 대한민국은 미국에서 그리 인정받지 못하던 변방의 작은 국가였다. 그런 나라에서 온 이름도 알려지지 않은 한 연구자가, 배정된 실험 외 자신의 연구 과제를 가지고 교수님을 설득해서 개인적인 연구를 하는 것은 불가능에 가까웠다. 내 연구만을 위해 실험실을 사용한다는 것도 어려운 일이었다.

삼 개월간 끈질기게 연구계획서를 제출하고 면담 등을 통해 설득을 이어갔다. 결국 2002년 12월 겨울, 내가 가장 존경하는 프레디 푸Freddie Fu 교수님의 통 큰 결단으로 드디어 일곱 구 사체 무릎을 배정받아 해부학 연구를 할 수 있게 되었다. 그런데 문제는 나를 도와 함께 실험할 사람이 없다는 것. 또 바쁘게 돌아가는 실험실 일정상 일과 중에 사체 연구를 할 수 있는 실험 테이블이 없어서 실험실 일과가 모두 끝나는 오후 여섯시 이후에야 나 혼자 연구를 진행할 수 있는 짬이 난다는 것이었다.

'한밤중인들 어떠랴.'

무릎 해부를 해볼 수 있다는 것만으로도 감사한 일이었다.

그러나 막상 밤이 되자, 쉽게 발걸음이 떼지지 않았다. 피츠버그 대학이 있던 미국 북동부 펜실베이니아주의 겨울은 매섭고 길었다. 어떨 때는 가끔 인류 대멸종 후 얼어붙은 지구에 혼자 남겨진 것처럼 두렵고 막막하기도 했다. 퇴근 후 집에서 저녁 식사를 마친 다음 가족과 함께 따뜻한 거실에서 뒹굴뒹굴 놀면 딱 좋을 시간에 혼자 다시 해동된 사체 무릎을 만나러 가는 길. 누가 시킨 것도 아닌데! 춥고 깜깜한 겨울밤에 썩 낭만적인 일은 아니었다. 아니, 낭만은커녕 정말 고역이었다.

저녁마다 어금니를 꾹 깨물어야 했다. 당시 가장 해상도가 좋았던 500만 화소 디지털 카메라를 어깨에 둘러메고 집을 나섰다. 부탁한 대로 무릎 사체는 상온에서 잘 해동되어 있었으나 얼었다 녹은 사체에서 흥건하게 물이 흘러나왔다.

아, 그런데 그 순간 갑자기 등줄기가 오싹하면서 머리카락이 쭈뼛 서고 누군가 뒤에서 나를 쳐다보고 있는 것만 같았다. 깜깜한 실험실 밖 창문이 한겨울 바람에 덜컹거렸다. 스산하고 음산한 분이기였다. 그날의 공포 체험은 두고두고 잊을 수 없다. 길고 추운 겨울밤 해부 실험실은 위험하다. 모든 어둠이 해골로 변해 덮칠 것만 같다. 처음에는 집을 나서기 싫어 손을 모으고 기도하던 습관이, 사체를 마주한 뒤에는 알지 못하는 분의 신체 기능에 감사하는 기도로 이어지고, 바람 소리에 전율이 느껴지던 밤에는 생존을 갈망하는 간절한 기도가 되었다. 등 뒤에서 귀신이나 무릎 사체의 주인이 나를 노려볼 것 같은 두려움은 저절로 기도가 나오게 만들었다. 하지만 실험이 진행될수록 공포는 점차 익숙해져 갔다.

무엇보다 다행인 건 매번 실험할 때마다 사체를 다루는 스킬이나 무릎에 대한 이해도가 달라진다는 점이었다.

어떤 조직은 가장자리부터 조심스럽게 주변 조직을 발라 가면서 접근해야 하고, 어떤 조직은 너무 강해서 멧젠바움 시저(Metzenbaum Scissors, 수술용 가위) 등으로 크게 크게 분류를 해놓은 다음 세부적인 접근을 해야 한다.

시간이 가고 잘 알려지지 않았던 무릎관절의 후외측 부분 조직들에 대한 이해가 생기고, 그 누구도 보지 못했던 한 구조를 발견하는 희열을 느끼면서 주술이나 구복에 가까웠던 나의 기도는 독특한 하나님과의 대화가 되었다.

소설 《동의보감》에서 허준의 스승 유의태는 반위(反胃, 암)에 걸려 죽음이 다가오자, 스스로 동굴 속으로 들어간다. 그리고 제자 허준에게 자신이 죽은 후 동굴로 와서 사체 해부를 하라고 일러둔다. 오래전에 읽은 소설이라 내용이 정확한지는 모르겠지만 허준이 동굴로 찾아갔을 때 스승 유의태는 잘 보존된 미이라 상태였다고 쓴 부분이 생각난다. 그때, 해부실험을 눈앞에 둔 허준의 심정도 이러했을까?

'하나님, 오늘은 이게 보이네요. 책에서 이름을 보았지만 이런 역할을 하고 있으리라 느낀 것은 처음입니다. 감

사한데요. 내일도 좀 보여주시지요.'

가까운 분, 무언가 떼를 써서 얻어내고 싶은 분과의 대화를 이어갔다. 그런 경험을 하면서 난 그 겨울 큰 건물에 혼자 남아 진행하는 사체 실험이 더 이상 두렵지 않았다. 논문에 수록되기 어려운 작은 경험을 열심히 기술하고 영상으로 남겼다.

덕분에 그때의 경험은 대한정형외과 학술지에 수록되었고, 난 그 인체 해부의 경험을 토대로 결국 현재 전 세계에서 가장 많이 시행하고 있는 '후외측 인대 재건술' 수술법을 개발하여 발표할 수 있었다. 아직도 난 기회가 있을 때마다 해부 실습을 이어간다. 특별하고 독특한 기도를 하며 그분과 대화를 나눈다.

이제 나는 알고 있다. 내가 기도를 하고 실험을 시작할 때 아주 작고 새로운 진실에 다가가며 그분의 응답을 느낀다. 그래서 기도한다.

'주여! 오늘도 숨겨놓은 당신의 진실 하나를 보여주소서.'

논문, 애절한 고백과 거절 사이

내가 의사이자 대학교수이자 병원장을 맡고 있는 터라, 때때로 사람들은 나를 오해한다. 내가 맡고 있는 여러 직업 역할 중 병원장으로서의 행정을 가장 열심히 하고 환자는 가끔 보리라는 것, 교수로서의 연구는 열심히 못할 것이라는 짐작이다. 허나 내가 일하고 있는 명지병원은 한양대학교 교육협력 병원으로 난 엄격한 대학의 심사를 거친 정교수이고 많은 나의 호칭 중 교수라 불리는 것을 가장 좋아한다.

실제로 일과 중에는 정신없이 환자 보고 수술하고, 진료 회의와 각종 행정 일을 수행하지만 새벽과 저녁에는 논문을 쓰고 심사하고 연구계획서, 보고서를 쓰고 검토하는 일로 많은 시간을 보낸다.

무려 이십팔 년의 시간을 중단 없이 논문 심사와 기고를 해온 결과 정형외과에서 제일 'Impact Factor'가 높은 (IF 7.01) 학술지 American Journal of Sports Medicine (AJSM)의 편집위원을 포함, 많은 학술지의 심사위원으로 활동하고 있다.

물론 잠시의 짬도 없는 내 일상을 보며 안쓰럽게 생각하는 이들이 많다. 그러나 실제 학자로 사는 인생만큼 즐겁고 스릴 넘치는 인생도 드문 것 같다.

논문을 심사하면서 남들 연구에는 꼬투리를 잡아 파헤치고 매의 눈으로 흠을 찾아내면서도, 논문 기고자가 되면 태도가 돌변한다. 부디 심사자가 피곤하거나 정이 넘쳐 내 연구를 애정어리게 봐주시라 간청하는 내로남불, 이율배반의 이중 생활이다. 젊은 시절 사랑이 넘치는 질풍노도의 시기에 빗댄 비유를 늘 떠올리게 한다.

콧대 높은 학술지의 심사자로서 나는 일단 내가 심사하는 기고 논문을 거대한 거짓말 덩어리로 여긴다. 이미 이를 샅샅이 파헤칠 체크리스트가 칠십여 개 준비되어 있다. 아무리 둘러대도 넘어갈 수 없는 예리한 지적으로 어설픈 거짓말이나 불충분한 연구의 허점을 지적하며 느끼는 희열. 또 기각Reject이다!!! 어딜 감히 이 정도의 연구로 내 눈에 띄어 간택을 바라는가?

3주 정도 체크리스트를 다 점검하여 논문의 문제점을 파악하고 들춰내어 난도질한 후 마지막 주에는 판결문을 작성한다.

나의 판결문은 마치 치열한 법적 공방을 치른 후 최종 선고를 하는 판사의 판결문처럼 준엄하다.

'너는 이리저리 부족하고, 이리저리 거짓말하고 있을 가능성도 농후하고, 쓰는 글 또한 너무 장황하다. 일단은 일일이 내가 고쳐보았지만 도저히 새로 태어나기 힘드니… 세상을 바꾸는 하나의 벽돌이 되지는 못할 것 같구나. 그래도 용기를 내어 내가 지적한 것을 다 고쳐서 다른 집 벽돌로 써달라고 다시 지원해 보기 바란다. 하여간 내게 논문을 보내주어 고맙다.'

준엄한 선고를 내리고 잠시 숨을 고르고는 내 메일함에 수북히 쌓인 메일을 둘러본다. 익숙한 학술지. 바로 직전에 심사자가 되어 논문을 기각한 그 콧대 높은 학술지의 결정문은 갑자기 판사의 선고와 같이 준엄하기는커녕 까탈스러운 아가씨의 신경질적인 거절의 연애 편지 같다.

'네가 부족하다고 고백한 것보다 너는 훨씬 더 부족해.

너가 나에게 해준 이벤트가 남들은 절대 생각하지 못할 만한 것이라 했지? 세상에서 처음 일 거라고! 천만의 말씀. 남들과 다른 너만의 특징이 뭐야? 너가 남들에게는 없는 자기만의 개성이라고 한 것은 거짓이거나 믿기 힘들어. 네가 이야기하는 것은 도대체 이해할 수 없이 애매모호한 것 투성이야. 한 마디 한 마디 좀 더 정확하게 말해야 내가 이해할 수 있다고. 여하튼 내가 지금 말한 거, 하나도 빼놓지 말고 다시 보충해. 그렇지 않으면 우리 헤어져!'

머리 희끗희끗한 이 나이에도 거절의 말은 참 힘들다. 영어가 이렇게 사람을 기분 나쁘게 할 수 있는 언어구나 새삼 실감한다.

히말라야를 등반하는 산악인들은 환상방황環狀彷徨에 대해 자주 이야기한다.

여기서 환상은 환타지의 그 '환상幻想'이 아니다. 고리처럼 동그랗게 생겼다는 뜻의 '환상環狀'이다. 히말라야에서 폭설이나 짙은 안개를 만나면 갑자기 방향 감각을 잃고 같은 장소에서 원을 그리듯 맴돌게 되는데 그 현상을 뜻하는 말이다.

나의 연구 세계는 마치 히말라야 등반처럼 가끔 길을

잃고 환상방황 현상을 겪는다. 논문 쓰기는 사랑만큼이나 어렵다. 남들 다 잠든 새벽까지 혼자 깨어 죽을 둥 살 둥 매달려도 쉽게 끝나는 법이 없다. 고백과 거절의 무한 반복이다.

오늘은 그래도 나보다 더 관대한 심사자를 만났다. 거절Reject이 아닌 중대 수정Major Revision. 이게 어디냐?

잘리지 않았다는 안도감은 그 어떤 아픈 지적도 달게 받고 이겨 나가게 하는 힘을 준다. Revision이라는 말은 그동안의 마음 고생을 달래주는 오아시스와 동일어이다! 여행할 때 가장 행복한 순간은 여행 일정이 결정되어 계획을 짜는 순간이며, 연애할 때 가장 짜릿한 순간은 생전 눈길도 주지 않던 그녀(아님 그 녀석이?^^)가 슬쩍 나를 쳐다보고 웃음 지을 때가 아닐까?

Major Revision이 왔다 하더라도 이 논문이 결국 Accept 되어 세상에 어엿한 학술 이론으로 소개될 때까지는 많은 노력과 시간이 걸리지만 이 과정은 행복한 순간이다.

그래서 학자로 사는 삶은 혼자 책상에 앉아 마음 졸이며 머리 싸매고 좌절하다 갑자기 이유 없이 희죽희죽 웃는 다이나믹한 즐거움이 있다. 그 과정이 내게는 하나님과 나누는 대화의 시간과도 같다. 하나님의 진리를 아득한 안개 한가운데서 조금씩 조금씩 밝혀나가 마침내 아주 작은 파편이나마 발견하게 되는 즐거움. 이를 찾아가기 위해서는 올바른 가설을 세우고, 그 가설을 연구할 방법을 만들고, 가설을 입증할 결과를 찾아내고 그 이유를 밝히는 과정을 겪는다. 끝을 알 수 없고 무척 고되다. 그래서 기도가 필요하다. 오늘도 또 무엇을 보여주실지 매일매일 긴장하게 된다. 내가 기도하는 이유이고, 연구를 해나가는 독특한 방법이다.

일 년 대기, 일분 진료의 현실

외래진료 시간은 언제나 아수라장이다. 하루 70~100 명이 넘는 환자를 만나야 하니 어쩔 수 없다. 하루 종일 외래 환자를 보는 날은 가장 힘들고 죄송한 날이다. 기다리게 해서 죄송하고, 충분한 설명을 해드리지 못해 죄송하다. 아프다는 분들 손이라도 한번 잡아드리고 싶은데 그러지 못해 안타깝다. 허둥지둥 뛰어다니다 하루를 마치면 스멀스멀 회의감이 온 마음에 연기처럼 퍼지기도 한다.

통상적으로 정형외과 같은 수술과는 내과에 비해 외래에서 많은 시간이 소요된다. 통증 해결을 위한 약처방 정도에 그치지 않고 주사치료, 수술 상담, 운동 교육 등까지 이루어지기 때문이다. 그렇다 보니 사실 정형외과의 적정

외래 환자수는 스무 명 정도이며 많아야 서른여 명 정도
가 알맞다. 하지만 현실에서 이 정도의 외래 환자 숫자는
그저 불가능한 꿈에 가깝다.

환자 이름 부르는 소리, 다음 일정을 확인하고 설명하
는 소리, 몇 시간씩 기다리는 환자와 보호자들의 한숨 소
리까지. 진료실 밖에서는 도떼기시장이 따로 없을 만큼 분
주함과 소란스러움이 매일 펼쳐진다. 덕분에 병원에서는
누구라도 종종대며 마음까지 바쁘기 마련. 의사인 나 역
시 다르지 않다. 아침 일곱시 병원 출입문으로 들어서자마
자 열두 시간 넘게 휴대폰 한 번 들여다볼 새 없이 쫓기듯
일하는 게 일상이다.

서너 개의 진료실에서 전공의 선생님들과 펠로우[1] 선
생님들이 나누어 진료 상담을 진행하고, 나는 뒤쪽 통로를
이용해 여러 방들을 부지런히 오간다. 사전 상담 내용도
확인하고 엑스레이와 MRI 등도 빠르게 파악해야 하니까.

병원의 예약 시스템이나 의료 서비스가 좋아졌다고는
해도 의사 한 명이 만나는 환자 수를 획기적으로 줄이지

---

1) 친구 또는 녀석 들로 번역되지만 의료계에서는 전문의가 되어 세부전공을 배우는 전임
의를 말하며 외국 선생님들이 와도 다 펠로우라는 말로 총칭한다.

는 못하고 있다. 환자가 의사 얼굴 한 번 보려면 몇 달을 기다려야 하는 게 다반사다. 급하지 않은 환자는 없을 텐데, 예약 걸어놓고 기다리는 시간이 환자 입장에서는 오죽 답답할까.

환자들의 예약 대기 시간을 조금이라도 줄이려면 어떻게든 의사가 하루에 보는 환자 수를 최대한 늘려야 한다. 하지만 하루에 보는 환자 수를 늘릴수록 환자 한 명당 진료 시간은 줄어들 수밖에 없다. 진료의 만족도도 떨어질 테고. 더 많은 환자를 보려다가 단 한 명의 환자에게도 충분한 만족을 주지 못하는 역설적 구조가 생겨버리는 상황이다.

그렇다고 의사가 스물네 시간 기계처럼 일만 할 수도 없는 노릇이다. 의사도 사람인데 밥도 먹고, 화장실도 가고, 퇴근도 해야 하지 않겠나. 하루에 볼 수 있는 환자 수는 정해져 있고 환자는 밀려들고, 모두가 급하다고 아우성일 때. 육체적으로 지치는 건 둘째치고라도 의사로서 그런 현실이 못내 원망스럽다.

'하루에 딱 스무 명만 진료를 볼 수 있다면!'

있을 수도 없는 일이지만 늘 그런 꿈 같은 일을 상상한다. 그러면 정말 '고객 만족' 의료 서비스를 실천할 수 있을 텐데! 누구에게나 친절하게, 초등학생도 이해할 수 있을 만큼 자세하고 충분하게 상태와 치료, 관리 방법까지 세세히 설명해 주겠는데!

화장실 가는 시간까지 아껴가며 아무리 부지런히 진료를 보아도 환자 한 명 한 명의 궁금한 질문에 성심껏 대답해 주기가 어렵다. 의사 입장에서 아무리 최선을 다한다 한들 환자 입장에서는 늘 아쉬움이 있을 수밖에 없음을 잘 알고 있다. 그래서 나는 정말 김진구 아바타가 여럿 있었으면 좋겠다. 내가 가까이 갈 수 없는 환자의 곁에 내 아바타라도 보낼 수 있는 날이 빨리 왔으면!

'내 몸의 주치의는 나'라는 점을 강조하며 환자 스스로 무릎 관리를 할 수 있도록 책도 써보고, 블로그에서 운동치료에 대한 정보도 공유해 보고, 언제든 집에서 따라할 수 있도록 앱이나 유튜브 영상도 만들어 보려고 노력 중이지만 아직까지는 역부족이다.

그렇게 몸부림쳐도, 일 년씩 기다렸다가 멀리 지방에서 올라온 고령의 환자를 단 일분 진료 후 돌려보내야 할 때면 의사로서 자괴감마저 밀려온다. 간단히 현재 상태를 말해 주고 수술 여부를 결정하고 다음 스케줄을 확인하면 끝. 바로 다음 환자로 넘어가야 하는 현실 앞에서 무력하다.

일 년씩 기다려온 환자는 의사 얼굴 보는 날이라고 얼마나 긴장하고 기대했을까? 궁금한 것도 많았겠지. 하지만 의사들의 워딩이란 얼마나 형식적이고 애매한가. 불만이 의심으로 번지고 의사와 환자 사이에 신뢰가 깨지면 질병의 회복 또한 더딜 수밖에 없다.

특히나 무릎 관련 질환은 의사 한 번 만나고 약 며칠 먹는다고 쉽게 낫는 경우가 드물다. 꾸준히 운동하고 생활 습관을 바꿔야 한다. 그런데 이게 말처럼 쉽지 않다. 의료진과 간호사, 물리치료, 운동치료사 등 전문가가 옆에 붙어서 끌어주고 관리해 줘도 될까 말까인데 진통제 몇 알 쥐어준다고 근본적인 치료가 되겠나.

당장 몸무게만 몇 킬로그램 줄여도 무릎으로 더해지는 부담을 훨씬 줄일 수 있다는 걸 환자 본인도 잘 알지만 그 몇 킬로그램 감량도 결코 쉽지 않다.

그러니 나는 또 '운동해라. 운동이 약이다.' 귀에 못이 박이도록 잔소리해대는 수밖에 없다. 앵무새처럼 온종일 똑같은 말을 무한 반복하느라 오후 일곱시 이후 외래진료가 끝날 무렵이면 목소리가 잘 나오지 않을 정도로 목이

잠길 때가 많다. 내 말에 스스로도 공허해지고 진이 빠진다.

  '아, 다음 외래 때는 말을 조금 덜하고 목소리를 조금 더 낮춰야지.'

  아무리 마음 먹어도 여전히 잘 지켜지지 않는다.

  "할머니, 의자나 소파에서 생활하셔야 돼. 자꾸 바닥에 쪼그려앉으면 안 돼. 무릎 다 망가져!"

  "아버님, 운동하셔. 뱃살 빼야 무릎 덜 아파. 음식 조절도 하시고요. 네?"

  다음 외래진료가 시작되자마자 난 또 금세 목에 핏대 세우며 떠들어댄다. 하루 스무 명 진료는 다만 꿈으로 잠시 미룬 채.

블랙컨슈머, 환자 고객님께

"지배인 나와!"

"사장 나와!"

호텔이든 고급 음식점이든 고객 불만이 커졌을 때 목청껏 이름 불리는 사람, 바로 책임자다.

"병원장 누구야? 병원장 나오라 그래!"

내가 맡은 보직이 책임지는 자리이다 보니 일이 터질 때마다 어쩔 수 없이 허리를 굽히고 나선다. 조직 안에서 힘없이 당하는 '을'들을 대신해 때론 머리를 숙이고, 때론 화내고 싸우면서 병원의 호위무사 노릇을 충직하게 해내야 한다. 어떨 때는 2주 동안 두세 차례나 굴욕적인 일들을 겪기도 한다. 병원장도 사람인지라 그런 순간에는 일에 대한 회의감이 찾아오고 의욕이 꺾이는 게 사실이다.

무릎 꿇은 백화점 점원, 뺨 맞은 편의점 알바생, 학부
모의 협박과 괴롭힘에 시달리는 교사 등등. 식당에도, 백
화점에도, 심지어 학교에도 어딜 가든 '진상 고객님'이 있
기 마련이다. 병원이라고 다를 바 없다. 응급실에도, 진료
실에도 갑질하는 환자들은 늘 있다.

얼마 전 일이다. 병원 로비를 지나가는데 일층 외래 수
납 창구가 떠들썩하여 무슨 일인가 얼핏 쳐다보았다. 한
젊은 남자가 응급실 치료 후 수납을 하는 과정에서 병원
이 과잉청구를 했으니 일일이 내역 설명을 하고 사과를 하
라며 호통을 치고 있었다. 워낙 막무가내로 덤비니까 다
들 쩔쩔매고 있어 보다 못해 내가 '무슨 일이시냐'고 나섰
다. 물론 나선 지 단 일분 만에 후회 막급이었다. 이미 상
식적으로 대화할 수 있는 상대가 아니었던 것이다. 자기
분에 못 이겨 극도의 흥분 상태인 사람과 어떻게 이성적으
로 침착하게 대화할 수 있겠나.

또 한 번은 오십 대 남자의 복부 초음파를 하는데 환
자 본인의 허락을 받지 않고 외국인 의사가 참관했다는
이유로 병원 측의 공식 사과와 재발 방지를 약속하라는

등의 항의가 있었다. 이 건은 당연히 사전에 환자 동의 절차를 밟지 않았다면 병원 측이 전적으로 잘못한 것이라 만약 그랬다면 사과를 하는 것이 당연한 사안이었다. 그런데 진상 조사를 해보니 초음파실 직원들이 너무 억울해하는 것이 아닌가.

직원들은 매뉴얼에 따라 '우리 병원이 수련병원[2] 이라 초음파 촬영 시 의사 참관이 있을 수 있다'고 알리고 환자도 충분히 이에 동의했다는 것이다. 별문제 없이 검사도 다 마쳤는데, 환자는 왜 갑자기 태도를 바꾸었을까?

"옷을 입으며 참관 의사가 어느 나라 의사냐고 묻기에 아프가니스탄 의사라고 대답하자 갑자기 태도가 180도 달라지는 거예요."

자세한 상황을 들어보니 심각한 인종 차별이 아닐 수 없었다. 아프가니스탄에서 온 의사가 몸에 폭탄이라도 숨기고 있을까 봐? 더러운 병균이라도 옮길까 봐? 이런 인종 차별까지도 환자의 권익에 포함되는지 정말 화가 났다.

우리나라 역시 불과 50~60년 전만 해도 세계에서 가장 가난했다. 동방의 어느 작고 가난한 나라에서 의료를

---

2) 보건복지부 장관의 지정을 받아 전공의를 수련시키는 의료 기관.

배우러 온 사람들에게 누군가는 수술실 문을 열어주며 지식과 기술을 나누어 주었다. 만약 그때 외국에서 우리나라 의사가 환자에게 이런 취급을 당했다고 해도 당연하다고 말할 수 있을까? 애국심과 자존심 하나 가지고 외국에 나가서 원조와 연수 교육을 통해 한국 의료를 이만큼 발전시켜온 선배 의사들에게 부끄럽기 짝이 없었다. 그 어떤 의사보다 열정적으로 배우고 익히려는 아프가니스탄 의사들에게 미안해서 몸둘 바를 모를 지경이었다.

당연히 환자가 불편하지 않아야 하고 최선의 진료를 받아야 하지만 수련병원의 사회적 역할도 있는 것이다. 의사들이 현장에서 배우고 경험할 수 있도록 최소한의 배려조차 하지 않겠다고 하면, 배움의 기회가 적은 곳의 의사들은 과연 어디에서 수련을 받아야 할까? 만약 그 수련 의사가 아프가니스탄이 아니라 유럽이나 미국 등 잘 사는 나라에서 왔대도 그런 태도였을까?

불쑥 화가 치밀었지만 그렇다고 환자에게 감정 그대로 쏟아붙일 수도 없는 일. 의료도 서비스인 자본주의 사회에서는 '서비스 마인드'로 고객님을 받들어 모셔야만 하는 것이다. 그렇지 않으면 순식간에 홈페이지며 SNS 담벼락마다 난리가 날 것이다. 저 병원 나쁜 병원이다, 초음파실에 아무나 막 들어와서 환자 인권을 침해했다는 등의 소문이 금세 파다할 것이다. 그러니 병원장인 나는 또 꾹 참고 을의 자세로 고객님께 허리를 깊이 숙여 사과를 해야 하는 것이다. 그럴 때마다 애써 마음을 다스리며 스스로에게 세뇌를 한다.

'나는 의사가 아니라 호텔 지배인이다. 지배인은 고객과 싸우지 않는다.'

시작한 김에 하소연을 조금 더 하자면, 외래진료 때도 속이 상하는 일이 종종 있다. 성심껏 수술과 치료를 잘 마친 환자에게 감사는커녕 인격적인 모독과 공격을 받았을 때다. 어느 환자분이 내 수술과 치료에 만족하지 못했는지 인터넷의 환우 카페 등에 비방글을 올렸고, 조회수가 1,300회에 육박했다며 나에게 으름장을 놓았다. 아직도 어안이 벙벙할 만큼 그 환자가 왜 나에게 그런 불만을 가졌는지 이해가 되지 않는다.

물론 환자들이 섭섭할 수 있는 이유는 수만 가지다. 이를 겸허하게 받아들여야 하는 의료인이지만 적어도 내가 이십 년이 넘는 교수 생활 동안 지키고자 했던 핵심 가치를 넘어서는 행동을 하지는 않았으므로, 그 환자의 악의적인 공격을 무조건 수긍할 수 없었다. 그러나 익명으로 게재되는 무책임한 글로 매도당할 때는 그야말로 속수무책이다. 변명하거나 항의해도 되돌릴 수 없다.

'아하, 덕분에 내가 인터넷 스타가 되겠군!'

쓸쓸했지만 그냥 애써 헛웃음을 짓는 것 말고는 달리 방법이 없었다. 같이 쌍심지 켜고 입씨름할 새도 없이 이내 나는 나를 기다리던 다음 환자를 향해 미소 띤 얼굴로 친절해야 하니까. 그럴 때는 마치 내 생활이 무슨 광대 같다는 비애감이 밀려온다.

몸이 아프면 마음도 예민해지고 날카롭기 때문에 오해와 편집증상을 보이는 환자도 많다. 그러니 의사인 내가 환자와 똑같이 분노와 분풀이로 응대할 수는 없는 노릇이다. 의료인은 그저 대부분의 상황 앞에서 반성과 자책으로 문제를 풀어갈 수밖에 없다. 의사인 나도 이런데 나이 어리고 경력이 낮은 간호사 등 다른 의료인들은 얼마나 더 험한 일을 많이 겪겠는가. 의료인도 참 지독한 감정노동자라는 사실을 요즘 새삼 절감한다.

물론 그래도 나는 다행이다. 이 직업으로 인해 불행한 순간보다는 행복한 순간이 훨씬 더 많으니까. 욕은 아주 가끔 먹는 것. 그 정도 욕도 안 먹으면 오래 살지 못한다. 나의 생명 연장을 위한 비책이라 생각하고 기꺼이 욕을 먹자. 그리고 더 열심히 자구책을 찾자. 환자의 눈높이에서 쉽게 이해할 수 있도록 조금 더 상세하고 친절히 설명하기 위한 자구책. 언제 어디서든 환자의 궁금증에 보다 빨리 정확하게 답하기 위한 특단의 방법을. 그것이 갑질하는 고객님들께 하루 빨리 복수를 하는 최선의 길이다.

A Doctor's Touch

'You don't need to be a pioneer, but……. Don't be the last(당신이 개척자가 될 필요는 없어요. 그러나 마지막이 되지는 마세요).'

변화의 속도가 너무 빨라 현기증이 날 정도인 요즘, 이 말을 자주 떠올린다. 앞서가지는 못해도 뒤쳐지지는 말아야겠다는 조급함에 마음이 분주하다. 4차 산업혁명의 핵폭풍은 의료계에도 불어닥쳐서 디지털 의료에 대한 기대감도 크고 의료 환경의 변화도 엄청나다. 머지 않은 시기에 AI의 진료와 처방이 현실화될 수도 있겠다. 새로운 기술 발전에 어린애처럼 눈이 휘둥그레져 따라다니다가 결국 일상으로 돌아와 내게 몸을 맡긴 환자들을 둘러보며 생각한다.

'A Doctor's Touch(닥터스 터치)'

스탠퍼드 대학의 어느 암 전문의 고백 중에 유독 마음에 와닿은 단어다.

「…회진을 돌며 더 이상 해줄 것 없이 죽어가는 환자를 본다. 난 할 말이 없다. 그 환자가 나를 쳐다보며 혼신의 힘을 다해 손을 움직인다. 단추를 풀어 아직 뛰고 있는 자신의 왼쪽 가슴을 보여준다. 거부할 수 없는 생명의 초대. 의학은 발전하지만 새로운 병을 예측하기는 힘든 현실. 그러나 분명한 것은 언제나 의사인 내가 마지막까지 환자 옆에 있을 거라는 사실이다. 기꺼이 환자를 만지고 매일 반복해서 환자의 말을 듣고 매일 죽어가는 그들 곁에서 생명을 나눌 것이다…」

닥터스 터치란 바로 이런 것이다. 단순히 의학지식을 써먹는 게 아니라 생명을 나누는 것. 의사라는 직업 자체가 없어지고 모든 의료가 AI로 대체된다고 해도 나는 질병의 고통 앞에 놓인 환자의 손을 잡고 싶다.

내가 모든 병을 고칠 수 없다 해도 의사의 체온은 환

자의 두려움을 덜어줄 것이라 믿는다. 로봇이 인간보다 아무리 수술을 잘한다 해도, 빅데이터를 가진 인공지능이 딥러닝을 통해 의사보다 훨씬 더 똑똑한 진료와 처방을 내린다 해도 인간이 가진 체온과 공감의 힘은 그 무엇으로도 대체할 수 없으리라. 인간 닥터 김진구의 근원적 차별성과 임무가 여기에 있음을 잊지 말아야겠다. 물론 메타버스 안에서 가상의 AI 김진구가 여러 명이라면 내 손길이 미칠 수 없는 구석구석까지 그들을 보내 더 많은 일을 할 수 있겠지만.

서울백병원, 오늘 폐업합니다

"2023년 8월 31일 서울백병원 진료 종료."

뉴스 기사의 헤드라인이 낯설었다. 병원이 '진료를 종료'한다는 것 자체가 믿기지 않았다. 더구나 이십오 년 넘게 내가 청춘의 한 시절을 몸담았던 곳이라 한 줄 기사조차 쉽게 지나쳐지지 않았다. 1941년 최초의 민립 병원으로 시작한지 팔십이 년 만의 일이었다. 병원 주변의 골목골목, 다녔던 맛집, 되살아난 도심 냇가 청계천길, 차마 두고 떠날 수 없어 몇 번이나 걷고 또 걸었던 남산 산책길.

옛 도심은 어느 곳 하나 추억 아닌 곳이 없다. 지금도 눈 감으면 병원 곳곳의 먼지 하나까지도 손에 잡힐 듯 다가온다. 그곳에서 살 부대끼며 함께 울고 웃었던 사람들과 쏟아부었던 열정의 시간들이 애틋하다. 어제 일처럼 가까운데 이제는 닿을 수 없는 먼 기억이 되고 말았다.

문득 서울백병원에서 건국대병원으로 자리를 옮기던 2015년 어느 날이 떠올랐다. 늦은 시간 수술을 마치고 휴게실에 혼자 한참을 앉아 있었다. 병원을 옮기는 결정을 해야 했던 그때, 나이 들어 가장 힘든 한 달을 보냈다. 마음이 편치 않아 사람 만나는 것도 뜸했고 모든 SNS도 접었다. 내키지 않는 전화를 하루에도 수십 통씩 받게 되었지만, 결국 나는 서울백병원을 떠나기로 마음먹었다.

내 사직에 대한 소문은 병원 직원뿐만 아니라 환자들에게도 빠르게 퍼져나갔다. 하지만 나는 꽉 차 있는 수술 일정을 묵묵히 소화했다. 직원들은 말도 쉽게 못하고 다들 안타깝게 나를 지켜봤다.

"이번 주부터는 외래진료를 보지 않겠다."

느닷없는 선포(?)에 스태프들 모두 당황하는 기색이었다. 그러나 외래를 보다 보면 수술 환자가 계속 발생하게 되고 새로운 수술 스케줄을 계속 잡아야 했다. 어차피 서울백병원을 떠나야 한다면 진료를 정리해야만 했다. 내가 자리를 옮긴다고 해서 새로 이전하는 병원으로 환자 유치를 할 수는 없지 않은가.

덕분에 전문의가 된 후 처음으로 한가한 여가 시간을 맞았다. 어느 봄날 화요일 오후였다. 내 돌팔이 시절 스승님과 동료들, 환자들과 어울리며 눈물과 웃음과 회한과 열정을 만들어 준 내 고향 같은 곳을 둘러보았다.

도심 공동화로 주변 민가가 사라지고 주변 병원이 다 외곽으로 철수하는 중에도 홀로 버텨가던 외로운 서울백병원. 전국 대학 꼴찌의 월급, 제일 오래된 건물, 낙후된 시설에도 불구하고 직원들의 이동이 많지 않은 이상한 매력을 가진 병원이기도 했다. 서울백병원에서 일하는 동안 왜 솔깃한 영입 제안들이 없었겠나. 돈도 더 많이 주고, 더 시설 좋은 병원으로 오라는 진지한 제안들도 수차례 있었지만, 나는 두 번 생각할 것도 없이 '내 병원'을 지켰다.

아니, 한 번은 정말 크게 흔들렸던 적도 있었다. 의사라면 누구나 한 번쯤 일해보고 싶은 병원으로 오라는 제안을 받고는 단칼에 거절하지 못해 고민할 때였다. 우연히 인제학원 설립자이신 백낙환 전 이사장님의 닳고 해진 속옷을 보았다. 우리 스포츠센터에서 매일 운동을 하셨는데 늘 허름한 트레이닝복 차림이셨다. 다섯 개의 큰 병원을 거느리시는 이사장이라는 신분에 걸맞지 않는 모습이었다. 그 닳고 해진 속옷을 훔쳐보았던 기억이 지금까지 아주 강하게 남아 있다. 검은 바다 위에 등대랄까? 흔들렸던 마음 안에서 선명하고 작은 빛을 확인한 느낌이었다.

'그래. 병원 운영해서 돈 벌려고 하면 안 된다. 의사가 돈 맛을 보기 시작하면 환자를 위해 봉사한다는 마음을 잃게 되지.'

그분의 속옷 한 조각에서 얻은 이정표였다. 지극히 원칙적이고 지키기 힘든 이 말이 적어도 그분이 계시는 서울백병원에서는 나름 구현되고 있었으니까. 전국의 백병원은 부자 동네에 세워지지 않았으며 장례식장, 푸드코트 등 대형 병원이 많이 하는 부대 사업도 하지 않았다. 특실, 1인실 등도 전국 대학 중에서 가장 저렴했다. 내원객당 검사료, 병원 비용이 적게 드는 드문 병원 중 하나였다. 의사의 소신을 존중하는 좋은 병원이라는 믿음이 있었기에 나머지 현실적인 악조건을 참아낼 수 있었으리라. 어쩌면 내가 그분을 무척 존경했었나 보다. 능력도 없는 사람이 이분의 뜻을 지키겠다고 어리석은 공명심을 가졌을지도 모르겠다.

사 년간 부원장 보직을 수행하며 난 알량한 진료 실적

으로 일선 의사들이 소신을 잃지 않게 최선을 다하였다. 그러면서 병원의 매출이 줄지 않게 경쟁력을 갖추려고 열심히 뛰어다녔다. 그런데 어느 순간 돌아보니 벽이 가로막혀 있었다. 전 이사장님의 소신이 병원에 구현되는 동안 서서히 경쟁력을 잃어가며 패배 의식에 젖어드는 분위기를 바꿀 수 없었고, 오히려 가치관의 혼란이 가중되었다. 소신대로 진료하면 망할 수밖에 없도록 몰고 가는 현실의 의료 정책도 문제였다. 변화하지 않고, 게으르게 소박한, 그래서 착하기만 한 경영진도 답답했다. 이 년 동안 사직서를 품고 병원 발전안을 만들어 뛰어다니면서도 솔직히 내 발전안이 받아들여지는 게 두려웠다. 그 발전안 대로 혁신이 이루어진다면 그것은 내가 존경하고 자부심을 가지는 백병원이 아니었기 때문이다. 나의 소신과도 다른 그저 시장의 논리에 따라 마지못해 만들어진 회생안에 불과했다.

결국 나의 의견은 이 년 동안 철저히 외면당했고 현실은 더욱 참담해졌다. 낙후되어 단종된 수술 장비처럼 나의 역할도 더 이상 쓸모없이 폐기되어 버린 듯했다. 나는 내가 할 수 있는 최선을 다했고, 더 이상 해볼 수 있는 게 없었다. 결국 그렇게 서울백병원을 떠나게 되었다. 최선을 다한 만큼 미안한 마음도, 원망의 마음도 없었다. 다만 현실의 벽 앞에서 부단히 몸부림치다 스스로 날개를 잃은 것뿐이었다. 이상과 가치만으로, 꿈만으로 병원이 굴러가지는 않는다는 사실을 뼈아프게 깨달아야 했다.

하지만 그곳을 오래전에 떠나왔어도 서울백병원의 의사로 살았던 나의 과거는 여전히 살아 있고 그곳에서 배운 가치는 여전히 유효하고 소중하다. 그러니 서울백병원의 폐원 뉴스를 어찌 담담히 읽어내려갈 수 있었을까? 마지막까지 병원에 남아 고군분투했을 선생님들이 한 분 한 분 눈에 밟혔다. 의료 적자와 병원 경영의 실패 앞에서 무력감과 자괴감도 크셨을 거다.

우리가 살아가는 세상은 낙원이 아니라 사막 같다. 신기루는 닿을 듯 닿을 듯 멀기만 하고, 걸어가야 할 길 앞에서 우리는 늘 목마르다. 마지막 물 한 방울을 나눠 마시며 마른 사막을 건넜을 분들에게 머리 숙여 진심으로 인사드리고 싶다. 정말 수고 많으셨다고.

서울백병원은 비록 문을 닫았지만, 내가 그곳에서 의

사로서 경험하고 깨달은 것들은 평생토록 내 마음속의 등대가 되었다. 정형외과 스포츠의학, 무릎 전문의 김진구를 만들어 준 병원, 차갑고 엄정한 전문직 학자의 길에 쉬어 갈 수 있는 훈훈한 인간미를 베풀어 준 곳. 돌팔이 정서를 가르쳐준 고맙고 그리운 사람들이 있던 곳. 내가 어두운 밤 막막한 바다 위에서 길을 잃었을 때 닻을 내릴 수 있는 마지막 항구가 어디인지 그 방향과 가치를, 서울백병원은 언제나 내게 일깨워 줄 것이다. 비록 병원은 이제 사라졌다 해도.

PART 2

가슴에 남은 나의 환자들

환자는 죽어서 의사의 가슴에
무덤을 남긴다

베토벤 5번 피아노 협주곡이 흘러나오고 오케스트라의 비장한 첫 도입과 함께 칼이 들어간다. MIS(Minimum Invasive Surgery, 최소침습적) 인공관절 치환술.

처음 하는 수술이었다. 그러나 지난 두 달 동안 뉴욕, 뉴저지 뉴브런스윅, 시카고 사체 워크숍 등을 통해 꾸준히 연마했기 때문에 낯설지는 않았다. 나의 첫 MIS 인공관절 수술이 아직도 잊히지 않는다.

할머니는 남루한 옷차림새로 처음 병원을 찾아왔다. 허리춤에는 불룩한 전대까지 찬 채로 뒤뚱거리며 걸어 들어오셨다. 엑스레이를 찍어보니 이미 관절염 4기. 인공관절 치환술을 하셔야 할 분이었지만 조금 더 버텨보겠다며 약이나 잘 지어달라고 하셨다. 할머니 무릎에는 그간의 고생과 나이가 고스란히 배어 있었다.

"어이, 젊은 양반! 보아하니 좋은 학교 나왔던데……. 약 좀 잘 지어줘 봐! 뭐 이리 사람이 정이 없어? 달랑 약 한 알을 주냐? 주사 좀 놔줘. 아파 죽겠어!"

욕쟁이 할머니는 도무지 존댓말과는 어울리지 않는 걸쭉한 입담도 가지고 계셨다.

"아, 할무니, 주사 자꾸 맞으면 건강 해쳐요. 뭐 학교가 좋으면 약 한 줌씩 주는 거 배울까 봐?"

두 달에 한 번 병원에 오는 이 할머니와는 어느덧 친한 친구가 되었고 내 말투도 슬며시 뒤가 흐려지며 반말 비슷하게 되어갔다. 그러나 농담 반 진담 반 대거리를 하는 짧은 사이에도 나의 눈은 빠르게 할머니의 걸음걸이를 스캔했다. 아무래도 수술이 불가피해 보였다. 하지만 내 전공은 무릎관절 중에서도 젊은 운동선수들이 다칠 때 고쳐주는 스포츠의학. 노인분들의 무릎을 크게 째서 병든 관절 자르고 기계를 넣는 수술 과정과는 달라도 너무 달랐다.

어느 날 약 처방 후 주사를 주네 마네 또 실랑이를 벌이다 할머니가 막 일어서려 할 때였다.

"에구구구구."

입에서 터져나오는 신음 소리에 결국 내가 나가시는 할머니를 붙잡았다.

"할무니, 이제 마음 단단히 먹고 수술합시다. 내가 용한 의사 소개시켜 줄 테니 걱정 마시고."

"아니 이런 느자구없는 일이 있나? 내가 여즉 김 교수에게 무릎을 맡겼는데 정작 수술할 때는 꽁무니를 빼?"

"아, 할무니! 그게 아니고 내가 돌팔이에요. 인공관절 수술 못한다니까. 잘하시는 교수님 소개시켜 드릴게."

"나 참, 자기 입으로 돌팔이라 하는 의사를 또 다보네. 다 필요 없고 내가 김 교수한테 무릎 맡겼으니 지금부터 열심히 준비해 봐. 한 육 개월이면 공부 다 하겠어? 내가 그때까정은 참을 테니 너무 깍쟁이 같이 굴지 말고. 주사나 좀 줘봐."

"내가 졌다, 할머니!"

그때 처음 부끄러웠다. 누가 내 수술 영역을 정해 준 것도 아니었는데 나 스스로가 세부전공을 정해 놓고 노인 수술은 다 다른 곳으로 보내고 있었던 거다. 그게 양심적인 거라고 생각했지 비겁하다고 생각하지는 못했다.

얼마나 지났을까. 우연히 명동길을 지나가다 마침 전대 찬 할머니를 만났다.

"나한테 걸렸는데 그냥은 못 가. 밥 먹고 가야지!"

할머니는 나를 보자마자 다짜고짜 가게 안으로 끌고 들어갔다. 할머니는 명동에서 수십 년째 국밥집을 해오신 분이었다.

"그래 수술 공부는 하고 있어? 내가 책 사줄까?"

"책값 없어서 공부 못하는 거 아녜요. 할무니!"

"그럼 내가 미국 보내줄까? 우리나라 의사들이 잘 못하는 거 배워와서 나한테 수술해 줘봐."

농담투로 건넨 할머니 말에 갑자기 내 머릿속에 번개처럼 무언가가 스쳤다. 바로 대한정형외과 학회 해외 연수생 모집 광고! 나는 그 길로 달려가 지원서를 썼다. 명동의 딱한 할머니를 고쳐드리겠다고 무슨 탄원서 같은 지원서를 냈는데 덜커덕 선정이 되었다. 뉴욕 인공관절 대가인 존 인살John Insall 교수님께 최신 지견을 배울 수 있게 된 것이다.

난 명동 할머니와 한 약속을 지켰고 두 달 동안 원 없이 공부했다. 오직 한 할머니의 수술 준비에 집중할 수 있던 시간이었다. 아마도 내가 알기로는 대한만국 최초의 최소침습적 인공관절 치환술이었을 것이다. 전통적으로 크게 째고 빨리 수술하는 인공관절의 대가들은 즐비하였으나 그 반도 째지 않고 각종 기구들을 동원하여 정교하게 같은 수술을 하는 기법은 대가가 아닌 나 같은 젊은 의사들의 몫이었을 것이다.

욕쟁이 할머니의 무릎 수술은 성공적으로 마쳤다. 그런데 이 할머니가 명동에 큰 빌딩까지 가지고 있는 엄청난 거부라는 사실을 수술 석 달 후에야 알게 되었다. 수술 후 며느리를 대동하고 당당하게 진료실 문을 박차고 들어온 욕쟁이 할머니.

"어이! 돌팔이 교수, 준비시켰더니 쫌 하네? 나 좀 봐. 키 많이 커졌지? 우리 빌딩 지하 고깃집에서 수술팀들 다 와서 실컷 고기 먹고 가. 언제든 와서 먹으면 돼."

입심만큼이나 화통한 할머니는 수술 후 일 년쯤 지난 어느 날 나에게 돈봉투를 내밀었다.

"어이! 돌팔이 교수. 촌지가 뭔지나 알아? 돌팔이라 돈을 받아 봤어야 알지. 이 할머니가 주는 돈은 김 교수 쓰라고 주는 거 아니야. 잘 보관했다가 나처럼 아픈 할머니가 돈 없다 하면 이 돈으로 수술해 줘."

참내. 또 거역할 수 없는 반말이었다. 결국 난 할머니가 보낸 묵직한 돈봉투를 받아들었다(후에 이 돈은 명동 입구에서 군밤 장사를 하는 가난한 할머니의 수술비에 보탰으니 욕쟁이 할머니와의 약속을 또 지킨 셈이다).

욕쟁이 할머니는 코로나가 끝나갈 무렵, 명지병원 외래로 다시 나를 찾아왔다. 여전히 당당하고 큰 목소리였다.

"어이, 김 교수! 돌팔이 면하고 출세하더니 이젠 아주 연락이 끊어지네? 그런다고 내가 못찾을까 봐?"

마스크를 쓴 모습에 이십일 년이나 지난 환자분을 내가 어찌 첫눈에 알아본단 말인가?

"뉘신지요?"

내가 머뭇거리며 당황하자 대뜸 욕과 함께 불호령이 떨어졌다.

"내 이럴 줄 알았다니까! 이 사람 돌팔이 맞네! 나야 나. 백○산!"

특이한 이름이라 이름을 들으니 그제서야 기억이 났다. 돌팔이 호칭, 당당한 반말, 무엇보다 수술 상처……. 명동 욕쟁이 할머니였다. 순간 눈물이 핑돌았다. 외래진료 시간인데도 나는 나도 모르게 와락 할머니를 끌어안았다.

"김 교수 돌팔이 맞어. 당신 수술한 거는 꺼떡없는데 수술 잘 못한다고 엄살 떤 의사는 처음 봤어. 자기가 돌팔이인지 아닌지도 모르는 돌팔이!"

이제 구십 대 초반에 접어든 욕쟁이 할머니 옆에는 곱게 나이든 며느리가 여전히 있었다. 내가 늘 하는 익숙한 수술은 아니었지만 정성을 다한 내 생애 첫 인공관절 수술. 세월이 훌쩍 지났어도 무릎이 건재하다니 보람 있고 감사했다. 그리고 또 하나를 깨달았다. 수술은 경험 학문의 정점에 있는 응용분야이지만 정성과 집중이 가장 중요한 성공의 요소라는 것.

할머니를 다시 뵌 지 일 년 만에 우연히 한 봉사 단체 모임에서 그 할머니의 아드님과 며느님을 만났다. 그리고 욕쟁이 할머니가 세상을 떠나셨다는 이야기를 전해 들었다. 큰 고생 안 하고 가셨다니 다행이었다. 가시는 날까지 내가 수술해 드린 무릎으로 잘 걸어 다니셨다니 또한 다행이었다. 내게 용기와 정성, 집중을 가르쳐 준 욕쟁이 할머니. 이제는 그 정겹고 호탕한 욕을 더는 들을 수 없지만 내 마음속에 작고 평안해 보이는 무덤 하나가 남았다. 환자는 죽어서 의사의 가슴에 무덤을 남긴다.

내 작품번호 20070927

밤 열한시. 이런저런 준비로 퇴근도 미룬 채 병원 컴퓨터 앞에 앉아 분주한 시간을 보내는 중이었다.

"붕~ 붕~"

건넌방에서 어렴풋이 진동소리가 들렸다. 무심코 흘려보낸 진동소리는 다급하게 반복됐다. 응급실에서 온 게 아니라 센터 실장을 통해 문의가 왔다. 이렇게 늦은 시간에 전화가 온 건 처음이었다.

"그룹 OOO OO의 가수 김 모 군이 심하게 다쳤는데 빨리 수술이 가능하신지요?"

유명 인사들에 대한 체질적인 거부감을 느꼈지만 워낙 다급한 호출이라서 익숙하게 수락하고 우선 응급실에 연락을 취했다. 다음날 아침 회진 때 보니 그 가수 환자가 병원에 들어와 있었다. 초췌해진 주치의의 보고를 들었다. 그는 호흡 곤란과 과다출혈, 초기 의식 소실 등으로 밤새 중환자실에서 이 환자와 씨름을 한 모양이었다.

덕분에 환자는 며칠 만에 급속히 안정을 찾아갔다. 간호사들이 그의 팬이라서 그런지 극진한 정성을 보였고 다행히 가수 김 모 군은 컨디션이 좋아졌다. 남은 문제는 어깨 탈구와 무릎인대 파열. 특히 무릎 상태는 이만저만 심각한 게 아니었다.

전방, 후방 십자인대, 내측, 외측, 후외측 측부 인대 파열, 내측 반월상 연골은 뼈 붙는 부위 완전 파열. 무릎 안에 있는 모든 인대가 다 끊어진 것. 오토바이 사고치고는 그나마도 다행스런 지경이었다. 무릎이 빠져서 돌아갔는데 신경과 혈관이 멀쩡해서 다리가 썩거나 마비되지 않았다니 얼마나 다행한 일인가! 후방 십자인대, 후외측 인대 재건, 반월상 연골을 뼈에 다시 심어주는 봉합술을 한 번에 하기로 하였다. 만만치 않은 수술이었다. 빡빡한 수술 일정 중간에 이런 대수술을 끼워 넣기도 어려웠다.

전방십자인대 수술까지 대수술을 마치면서 겪어보니 그는 참 괜찮은 사람이었다.

'이 친구 생각보다 겸손하고 밝구나.'

그다지 연예인 티를 내지도 않고, 진심으로 자기를 돌봐주는 의료진에게 고마움을 표시할 줄 알았다. 특히 그의 재활 의지는 그 누구도 따라가기 힘들 만큼 강했다. 매일 서너 시간씩 우리 센터에서 땀을 흘리면서 열심히 재활 운동을 했다. 가끔 떡볶이, 도너츠 등 소박한 먹을거리를 들고 쭈뼛거리며 들어오는 그 친구 덕에 우린 가끔 즐겁고 조촐한 휴식 시간을 갖기도 했다.

"야! 네 무릎은 내 작품이야. 네가 잘 관리하고 돌아다니며 전시해야 한다."

"넵! 작품번호 20070927 (그의 수술 날짜) 김샘의 명을 받고 구석구석 돌아다니겠슴돠!"

"근데……. 너 한 번도 아프다는 소리를 하질 않네. 정말 안 아픈 거니?"

"샘이 물어보지 않았잖아요. 그런데 아프다 하면 더 아파지는 것 같아 안 아프기로 했어요."

안 아프기로 했다는 긍정적인 마음가짐이 기특하고 고마웠다.

"샘, 언제 한번 저랑 남산 산책로에 가시지요. 뱃살 좀 빼셔야 하잖아요."

"그래. 언제 한번 같이 가자꾸나."

가까운 곳에 멋진 곳을 두고도 늘 막연한 약속에 그쳤다. 남산 산책 한번 가는 게 뭐 그리 어려운 일이라고. 회색 콘크리트 건물에 갇혀 도통 짬을 내지 못하는 날이 이어졌다.

그런데 막연한 약속을 하고 한참 지난 어느 날, 진료 마칠 무렵에 불쑥 그가 찾아왔다.

"샘! 저 많이 나았어요. 샘하고 남산 산책로 가려고 왔어요."

당연히 내가 함께 갈 수 없음을 그는 알고 있었다.

"어? 쇠사슬 주렁주렁 매달고 쫄바지 입고 남산에? 나는 미리 예약해야 볼 수 있는 사람이야."

"알겠어요. 나중에 다시 정식으로 예약할게요. 참, 저요. 방송에서 샘 작품번호 20070927 전시할게요!"

그는 새 앨범을 준비하는 모양이었다.

한 번도 말하지 않았지만, 진통제가 필요해 보였다. 아무리 바쁘더라도 MRI를 찍어보라고 권하고 싶었으나 그 말도 하지 못한 채 그날 그를 돌려보냈다. 본격적으로 앨범 활동이 바빠지면 만나기 힘들 것 같아 무릎 상태를 확인해 보고 싶었으나, 어영부영 우리는 인사만 하고 헤어졌다.

그리고 그의 소식을 다시 들은 건 얼마 후 아침 외래를 시작할 때였다. 한 간호사가 갑자기 헐레벌떡 뛰어들어 와서는 대뜸 그가 죽었다고 했다. 인터넷을 보니 정말 그의 사망 소식이 주요 기사에 올라와 있었다. 가수 김 모 군 오토바이 사고, 과다출혈로 인해 사망.

믿겨지지 않았다. 바로 이 진료실 안에서 멋쩍게 씩 웃던 모습이 채 가시지도 않았는데. MRI를 하고 그 결과를 봐야 했는데.

한동안 멍하게 앉아 초점 없는 눈으로 컴퓨터를 바라보았다. 먼데이 키즈 김민수, 그는 그렇게 세상을 떠났다.

"민수야, 다시 봄이 오면 두런두런 이야기 나누며 남산 산책로를 같이 걷자. 거기서 연두빛 봄을 마음껏 즐기자꾸나. 잘 가라……."

노력과 정성이 부족하여
우를 범하지는 않겠습니다

_첫 번째 이야기

오전 열시 무렵, 잠시 숨을 고르던 중이었다. 짧은 평
온함도 허락해 주지 않는 다급한 벨소리가 울렸다. 심드
렁한 표정으로 응급실에 가보니 얼굴이 창백하고 발에 감
각이 없고 움직이지 못하는 환자가 내원하였다. 다친 지
이틀째라고 했다. 넘어진 환자의 다리 위로 택시가 지나가
는 'Run over Injury' 부상이었다. 사고가 나자마자 사고
현장 바로 앞의 다른 병원에 입원했었는데 시간이 갈수록
점점 다리 감각이 무뎌지고 움직여지지 않자, 무작정 짐을
싸서 대학병원 응급실로 쳐들어온 환자였다. 부러진 곳은
없으니 조금 더 지켜보자는 타 병원 의료진의 설명을 뒤

로 한 채 우리 병원으로 와버렸다고 했다.

느낌이 좋지 않았다. 깨끗하게 고정한 반깁스를 풀고 부상당한 종아리를 살펴보았다. 크게 부어 보이지도 않고 외상도 없고 엑스레이에서도 이상 소견이 보이지는 않았다. 그런데 만져 보니 정상적인 상태와는 사뭇 달랐다. 딱딱한 느낌이 나면서 무어라 표현하기 어려운 역한 냄새가 살짝 지나간다. 순간 오싹한 식은땀이 등줄기를 타고 흘렀다.

"혹시 소변 언제 보셨어요?"

사타구니를 만져보며 간호사에게 열을 재보라고 했다.

"열은 없고 혈압도 정상 범위에서 조금 낮은 정도입니다."

그런데 간호사 말이 끝나자마자 환자가 얼른 말을 이었다.

"아까부터 몸이 좀 떨리고 으슬거려요. 어제부터 소변을 본 기억이 없고 입맛도 도통 없어서 식사를 하나도 못 했어요."

순간 앞이 캄캄해졌다.

내 소견은 구획증후군 칠십이 시간째. 둔탁하게 근육이 다쳐 부어오르는데 근육 구획을 둘러싸고 있는 근막이 너무 단단해, 부어오르는 대신 신경, 혈관을 압박하며 괴사에 빠지는 심각하게 위험한 상태. 이미 구획이 녹기 시작하고 근육이 녹아내리면서 나오는 마이오글로빈이라는 노폐물은 신장을 공격하여 급성 신부전으로 진행된 것일지도 모르겠다. 급히 수술실로 옮겨야 했다. 하지만 이런저런 이유로 의료진들의 의견이 엇갈렸다. 수술실의 스케줄이 꽉 차서 갑자기 순서를 빼기 어렵고, 이미 다른 병원에 갔다가 가망 없이 늦게 온 환자를 우리가 응급으로 수술할 필요가 있는지 등 말들이 많았다. 이럴 때는 무식한 사람이 제일 용감한 법. 나는 바늘로 환자의 다리를 찔렀다.

"이렇게 찌르면 아파요? 많이 안 아프죠? 아파도 조금 참읍시다."

나는 구획증후군의 감압 수술을 어떻게 해야 하는지도 모르면서 책 한 권 들고 수술실로 가면서 소리쳤다.

"국소 마취로 진행합니다!"

서둘러 환자를 수술실로 옮기고 수술을 시작했다. 다리에 칼을 대자마자 녹아내린 근육이 쏟아져 나왔고, 이미 고름으로 변하여 악취도 나기 시작했다. 신경과 혈관을 조심스레 보호하고 아직 남아 있는 근육을 보존하기 위해 손가락으로 녹아내리는 조직을 천천히 하나하나 발라내었다. 그다지 큰 경험과 실력이 필요 없는 작업이었다. 오직 시간과 정성만이 이 환자의 다리 절단을 피하게 할 수 있었다.

그의 주치의가 된 나는 매일 한 시간씩 녹아내리는 근육과 고름을 제거하고 깨끗하게 드레싱하는 전쟁 같은 치료를 시작했다. 그것은 환자에게나 나에게나 너무 큰 고통의 과정이었다. 이미 기능적으로 쓸모 없어져서 절단한 것과 다름없는 다리를 그나마 붙여두기 위해 환자는 매일 고통을 감내했다. 나는 시간이 없어서 잠을 줄여가며 감기는 눈으로 치료하기 일쑤였다. 어떤 때는 너무 힘들어 주말에 집으로 도망을 갔다가도 피로가 좀 회복되는 저녁이 되면 그 환자와 그 다리가 생각나 다시 병원으로 뛰어와 치료를 하기도 했다.

그런데 참 고마운 것은 환자가 단 한 번도 자신의 힘든 처지를 한탄하거나 무리하게 고통 주는 의사를 공격적으로 대하지 않았다는 것이다. 드레싱하는 힘든 시간 동안에도 환자는 종알종알 다른 환자들의 근황과 속사정들을 내게 들려줄 정도였다. 그때 그 환자의 다리를 꼭 고치겠다고 다짐하며 혼자 처음으로 독백을 했던 것 같다.

'제 실력이 모자랄 수는 있지만 노력과 정성이 부족하여 우를 범하지는 않겠습니다.'

그렇게 육 개월쯤 흘렀을까?

결국 나는 외래 진료실로 걸어 들어오는 그 환자를 볼 수 있었다. 전쟁 같은 치료의 인연. 환자였던 그도, 주치의였던 나도 지금까지 우리는 서로의 이름을 잊지 못한다. 만약 그때 그의 다리를 절단했다면, 그가 지금처럼 당당히 걸어 다니는 모습을 볼 수는 없었을 것이다. 생각만 해도 아찔하고 끔찍하다. 육체적으로 말할 수 없이 고된 나의 직업이 때때로 나조차 감사한 이유다.

돌팔이 시절, 그 환자분 앞에서 다짐했던 그 말.

'제 실력이 모자랄 수는 있지만 노력과 정성이 부족하여 우를 범하지는 않겠습니다.'

그날의 약속은 현재도 여전히 유효하다.

그 환자는 이제 내 친구가 되었고, 부상과 수술을 겪은 지 삼십 년째다. 이제는 아픈 다리를 이끌고 전국의 높은 산을 등반할 수 있을 만큼 회복되었다. 평범한 작은 산, 평범한 산책을 마치고도 과도하게 칭찬을 아끼지 않는 내 친구에게 나 또한 감사의 마음을 전한다.

노력과 정성이 부족하여
우를 범하지는 않겠습니다

_두 번째 이야기

    나의 일과는 대부분 수술을 하거나 환자를 보는 외래 일정이라 전화를 바로바로 받지 못하는 경우가 많다. 대신 짬이 날 때면 한꺼번에 몰아서 부재중 전화와 문자 메시지에 답하곤 한다. 그날도 어쩌다 보니 전화를 받지 못했는데, 낯선 번호로 전화가 와 있었다. 내 전화기에 입력되어 있는 몇 안 되는 환자로부터 걸려온 전화였다. 순간 가슴이 철렁했다.

    많은 수술을 해야 하는 상황에서 매번 모든 수술이 성공적이지는 않다. 빈도가 높지는 않아도 수술 결과가 실망스러운 경우도 있고, 더러는 수술 후 예기치 못한 문제가 발생하여 불가피하게 재수술을 하거나 환자가 고생하는 경우도 더러 있다. 외과의가 숙명적으로 직면할 수밖에 없는 의료 사고에 대한 두려움도 늘 안고 산다. 부재중 전화를 남긴 환자는 목포에서 올라오신 육십 대 아주머니였다.

그리 큰 문제없이 수술을 마쳤는데 예후가 좋지 않아 결국 재수술을 했던 환자였다. 첫 수술 후 통증이 가신 적이 없었고 일상 생활을 제대로 하지 못했다며 찾아오셨다. 다시 병원에 오셨을 때, 환자 본인보다 가족들이 오히려 더 화가 많이 나 있었다.

나로서도 답답할 노릇이었다. 규정과 원칙을 지켰고 수술 과정에 큰 문제는 없었다. 의사는 신이 아니기 때문에 아주 예외적인 상황까지 미리 모든 걸 예측해서 대처할 수는 없다. 다만, 수술 후 재활이 충분히 이루어지지 않았다는 점과 심한 골다공증으로 인한 문제를 초기에 더 적극적으로 대처했더라면 재수술까지는 막을 수 있지 않았을까 싶어 아쉬웠다. 환자 상태를 보니 더 안쓰럽고 딱했다.

하지만 재수술을 하면 현재 상황은 좋아질 수 있다는

게 내 판단이었다. 이럴 때는 거칠게 항의하는 보호자들에게 휘말려 같이 언쟁을 높이거나 감정적인 대응을 해서는 안 된다. 오랜 경험으로 알게 된 노하우이며 지혜다. 재수술받을 수 있도록 설득하는 게 가장 중요한 일이었다.

"최선을 다하겠습니다. 제 실력이 모자라서 결과가 나쁜 것은 어찌 막을 도리가 없겠으나 저의 노력과 정성이 부족하여 우를 범하지는 않겠습니다."

의료진이 못 미더워 잔뜩 날이 선 보호자들은 독설을 퍼붓기도 했다. 하지만 끝까지 차분한 태도로 긴 상담을 이어갔다. 나의 진심이 닿은 건지, 억울함과 분노로 격해 있던 환자 보호자들의 태도가 조금 누그러졌다.

"물론 처음 수술 때도 최선을 다했지만 더욱 신경 쓰겠습니다. 저를 믿고 환자분을 다시 맡겨 주셔서 감사합니다."

내 입장에서도 물론 억울함과 답답함이 있었지만 꾹 참고 환자 편에 서서 생각하고 또 생각했다. 가장 중요한 것은 의사의 억울함도 보호자의 분노도 아니다. 환자 본인의 고통이 가장 중요하고 이를 해결하는 게 급선무다.

재입원한 환자를 바로 수술하지 않고 이틀간 다시 꼼꼼히 살피며 수술 계획을 세웠다. 걱정과 긴장감으로 수술 당일 아침을 맞았다. 내가 가장 먼저 한 일은 역시 기도였다. 생명을 다루는 것은 인간의 영역을 넘어서는 일이다. 아무리 유능한 의사라 해도 생명을 뜻대로 관장할 수는 없다. 의사인 내가 잘났다고 해서 내 의지대로 다 할 수 있는 게 아님을, 수술실로 들어갈 때마다 느낀다. 나는 매 순간 절실한 마음으로 최선을 다하지만 그 이상은 내 소관이 아니다.

기도와 목욕재계로 나만의 조용한 의식을 치른 후 수술실로 향했다. 아무리 태연한 척해도 팽팽한 긴장을 피할 수 없었다. 한 치의 오차도 허용할 수 없는 순간들이었다. 숨 가쁘게 수술을 마친 후 일반적인 다른 환자보다 조금 더 길게 입원 기간을 늘여 재활 과정까지 챙겼다.

드디어 아주머니가 퇴원하시던 날. 나는 특별히 환자분께 내 개인 핸드폰 번호를 알려드렸다.

"아지매는 특별한 사람이니 뭔 일 생기면 나랑 직접 말합시다. 옛날처럼 아프다고 끙끙대며 참지 말고요!"

까맣게 잊고 있었는데, 바로 그날 그 아주머니께 전화가 온 것이다. 무소식이 희소식이라 생각했는데 상태가 안 좋으신 건가 싶어 걱정이 되었다. 떨리는 마음을 감추며 전화를 걸었다.

"김진구입니다. 뭔 일로 전화를 다 하셨소?"

전라도 사투리가 쎈 아주머니께 나도 전라도 사투리로 안부를 물었다.

"전화 안 받으시기에 작정하고 안 받기로 혔는 줄 알았지라. 새해도 되얐는디 가만 생각허니 나가 한 번도 고맙다는 말을 허지 못했드랑께. 그랴서 전화 혔소. 나가 이젠 다리도 빤뜻허고 걸음도 걸어지는 게 엄청시리 신기허네잉. 자식들도 설에 와 보고는 좋아험서 올라가부렀소. 근디 아직도 쪼메 아프긴 아파야. 많이 걸으문……"

"얼마나 걸으면 아프세요?"

"한 삼십분 걸으문 쬐까 소식이 온당께요."

"아니, 자랑하러 전화했어요? 일분도 못 걷던 양반이 삼십분이요?"

"그려요. 그랬지라. 약 받아 묵고 이리 쬐깐씩 운동허문서 살문 됐지라."

"목포 가서 연락하면 걸어서 나오세요. 조만간 지방

왕진 가야겠네."

"참말로 꼭 오소! 그동안 고생혔소."

하루치의 긴장과 피로를 스르르 녹이는 한마디였다.
나는 다시 힘을 내어 수술실로 향했다. 또 다른 약속을 지
켜내기 위한 걸음이었다.

오봉파 조폭 보스의 무르팍

사십 대 중반의 남자 환자가 무릎 주변에 골절상을 입고 응급실로 내원했다. 무릎 아래 뼈인 경골 내측의 관절 함몰 골절로 다리가 안으로 휘고 뼈는 주저앉고 관절 연골은 파괴된 중대 손상이었다. 치료를 잘해도 후유증이 남게 될 상황이었다.

'이 정도면 적어도 3~4미터 이상의 높이에서 떨어졌거나 교통사고 같은 큰 손상을 입은 경우인데……'

하지만 수상 경위가 불분명했다.

관절경을 이용해 우선 관절 연골부터 잘 맞추고 주저앉은 뼈를 들어올린 후 뼈이식을 했다. 금속판으로 이식한 뼈를 고정시켜 다시 주저앉지 않게 지지해 주고 그래도 안으로 휜 변형이 교정되지 않는다면 대퇴골까지 긴 외고정 장치로 고정한다는 계획을 세운 후 급히 수술실로 들어갔다.

수술 전 검사에 비해 막상 들여다보니 손상 정도가 크지 않아 수술이 비교적 수월하게 진행되었다. 관절 연골도 잘 맞추어지고 함몰도 교정이 잘 되었다. 금속판 고정을 하고 나니 굳이 외고정 장치까지는 할 필요가 없을 것 같았다. 근데 문제는 커다란 용이었다. 그것도 비상하는 용!

환자의 다리에 엄청난 문신이 있었던 것이다. 처음에는 교과서적으로 양쪽을 다 째서 수술을 하려고 했으나 그렇게 수술을 해버리면 용 문신이 틀어질 것 같았다. 할 수 없이 바깥쪽만 째고 수술을 했다. 마무리 봉합을 하는데도 용이 찌그러질까 봐 펠로우, 전공의들이 꿰매는 사이 밖으로 나가지 못하고 계속 간섭하며 지켜보았다.

"야, 거기 라인이 좀 휘어지잖아. 풀고 다시 꿰매봐."

무슨 예술 작품 다루듯 얼마나 신경을 썼는지 모른다.

다행히 결과는 좋았다. 환자는 통증도 잘 참고 상당히 긍정적이어서 나와 쉽게 친해졌다. 회복도 빨라 퇴원할 때도 내 마음이 한결 좋았다. 이후 석고 고정을 풀고 난 뒤 관절 운동과 근력 회복을 위해 우리 스포츠센터에도 매일 나와서 열심히 운동하는 모습을 간간이 보았다. 흐뭇했다.

그런데 어느 날 오후, 우연히 병원 주차장에서 그 환자와 딱 마주쳤다. 글쎄 주차장 한 구석에서 불량 고등학생들처럼 담배를 피우고 있는 게 아닌가. 조폭처럼 우락부락하게 생긴 아저씨 둘과 함께! 나한테 아주 제대로 현장을 걸린 거다. 큰 수술 후 담배를 피우면 혈액 순환 장애가 겹치면서 감염, 불유합 등 합병증이 올 수 있다. 난 기겁하며 호통을 쳤다.

"아니 환자가 병원에서 담배를 피워요? 환자분은 절대 담배 피우면 안 돼! 지금 담배 피우면 연기가 무릎 상처 사이로 새어나온다니까?"

그러자 환자뿐 아니라 옆에 같이 서서 담배를 피우던 아저씨 두 명까지 얼른 공손히 담배를 끄고 고개를 숙여 수술 부위의 상처를 들여다보았다. 마치 진짜 연기가 무릎 사이로 새어나오나 안 나오나 보는 것 같았다. 난 잔뜩 겁을 주며 단단히 경고한 뒤 자리를 떴다.

나중에 알게 되었는데, 그들은 서울 ○○동 일대 최고의 폭력 조직 오봉파였고 그 환자는 오봉파의 보스였다. 나름 전국구로 지방 조직까지 관리하는 유명 인사들이었다. 다리를 다친 경위도 영화 같았다. 나이트 클럽 이권을 놓고 경쟁파와 싸우다가 삼층 높이의 카페에서 창문을 통해 뛰어내린 것. 쉬쉬할 수밖에 없던 이유가 있었다.

이런 무시무시한 사람들을 담배 피운다고 주차장에서 혼구멍을 내었으니 참으로 큰일 날 뻔했다. 처음에는 자기 보스를 혼쭐내는 나를 묻어버리려고 했다나? 나 자신도 모르는 사이에 내가 죽을 고비를 넘은 셈이다.

"지금도 담배를 피우면 수술 상처 부위로 연기가 새어 나오는 듯 스물스물한 느낌이 들어 담배를 많이 줄였습니다, 선생님!"

담배 피우다 학생주임한테 걸린 학생처럼 고분고분해진 조폭 보스를 보자 웃음이 나왔다. 담배연기가 무르팍으로 새어나오는 조폭 보스를 보면 꼭 나한테 신고할 것.

성장판을 지켜라

"노노노!!! 아니 아니 천천히~~"

수술하다가 조금이라도 문제가 생기거나 다급해지면 목소리 톤이 올라가고 한국말과 영어가 뒤섞여 튀어나온다.

십이 세 남자 환아. 축구 선수인데 수술이 불가피했다. 전방십자인대 재건술을 해야 했다. 문제는 한참 성장하는 아이라 최대한 성장판 손상을 막고 인대는 튼튼하게 재건해야 한다는 것.

엑스레이로 성장판과 인대가 들어갈 터널이 겹치지 않게 위치를 잡고 아주 천천히 조심스럽게 터널을 넓혀나가는 방식으로 수술해야 한다. 전방십자인대 재건술을 이미

삼천 례 이상 하였으나 일 년에 한두 명 진행되는 이런 어린 아이의 수술은 긴장을 하지 않을 수 없다.

수술 시간이 오래 걸리는 것은 아니지만 한 스텝, 한 스텝 천천히 진행해야 한다. 수술실에는 내 수술을 배우려고 합류한 전문의 펠로우, 이미 교수직 발령을 받고도 수술을 배우고자 온 타 병원 스태프, 외국인 등 의사들이 많이 있다. 이런 선생님들에게 수술하면서 많이 떠든다. 이때는 이러면 실패한다, 여기서 이런 식으로 하면 문제가 생긴다, 이건 절대로 이렇게 해서는 안 된다, 이건 호연지기로 단 번에 쓱싹 해서는 안 된다, 천천히 깨작깨작 조금씩 조금씩 들어가야 한다 등등.

사실 수술할 때 '이렇게 저렇게 하지 말라'고 떠드는 모든 것들은 지난 이십오 년간 다 내가 했던 실수들이다. 난 수술을 잘 못하고, 손재주도 영 없는 사람이다. 그래도 다행히 구제불능의 의사가 되지 않을 수 있었던 것은 몇 가지 원칙을 지켰기 때문이다.

수많은 실수를 했지만 이를 기록하고 기억한다는 것, 같은 실수를 두 번 반복하지 않으려고 노력하는 것, 난이도가 있어 보이는 술기는 사체 해부실이든 모의 뼈 수술이든 수술실이 아닌 곳에서 수없이 반복하여 연마한다는 것. 결국 좋은 수술은 모든 실패를 기억하는 것과 같다.

이번처럼 성장판이 열려있는 소아의 수술은 책에 몇 줄 적혀 있는 게 전부다. 핵심은 성장판이 다치지 않게 'gentle careful approach' 하라는 것인데, 이 내용만 책으로 보고 글자 그대로 수술실에서 제대로 해낼 수 있을까?

펠로우 연수를 기피하며 자격증만 딴 후 이내 거액의 연봉을 꿈꾸는 게 당연시되는 시류가 있음을 안다. 심지어는 인턴 수련조차 하지 않고 의사 면허증만을 가지고 '개원의' 대열에 합류하려는 사람들도 있음을 부정하기 어렵다. 하지만 모든 사람에게서 배움의 열정이 다 사라진 것은 아니다. 수술실에는 변함없이 교육을 진행하는 의사들이 있고, 교과서에서 배울 수 없는 것을 하나라도 더 익히기 위해 열의를 불태우는 의사들도 있다. 수술은 여전히 도제식이라 배우기도 가르치기도 여간 까다롭고 어려운 게 아니다. 그러나 마다하지 않고 그 길을 가는 이들이 아직 있다.

책임은 무겁고 돈은 안 되는 어려운 수술이지만 그래도 누군가는 해야겠기에, 피하지 않고 열심히 한 땀 한 땀

배운다. 의사의 발걸음은 환자 곁에서 무거워야 한다. 바위처럼!

가장 좋은 의료는 수없이 쌓아온 선배들의 실패에 대한 기억이다.

어느 화가의 퇴원

새벽 한시 삼십분. 응급실 간호사에게 다급한 연락이 왔다. 교통사고 환자라고 했다.

"우선 엑스레이 찍고 결과 나오면 연락주세요."

다급한 응급실의 전화가 반가울 리 없었다. 어떻게든 시간을 벌어보려고 했지만 통하지 않았다. 응급실 간호사는 완강했다. 당장 내려와서 환자를 봐달라는 것이었다.

조직의 최말단인 1년차 전공의를 막 시작한 봄. 간신히 병실 환자 관리를 마치고 수시로 응급실을 들락거리며 마지막 엑스레이 정리를 눈앞에 두고 있던 시각이었다. 아무 일 없이 가만히 놔둬도 새벽 네시 이전에는 잠자기 어려운 스케줄이었다. 그런데 위중한 교통사고 환자까지 겹치면!

'아, 잠시 눈 붙이기도 또 글렀구나.'

할 수 없이 응급실로 내려갔으나, 환자를 보기 위해서
가 아니었다. 다짜고짜 빨리 와달라고 재촉하던 응급실
간호사에게 따지러 간 것이었다. 내가 지금 노냐, 한마디
해줄 작정이었다. 그러나 응급실에 내려간 순간 도저히 그
럴 상황이 아님을 한눈에 알아차렸다. 메디컬 드라마에서
흔히 보던 급박한 ER(응급) 상황이 내 눈앞에 펼쳐져 있
었다.

"환자 혈압이 잡히질 않아요."

호흡근이 마비되는 것 같았다.

"기관지 삽관 준비! 에피네프린! 심전도 달고 central
line 잡고 DC shock! portable 엑스레이 빨리 오고…….
내과, 흉부외과, 신경외과 선생들 연락하고. 방송실에 연
락해서 Doctor Heart[3] 방송 띄워!"

그리고는 정신없는 응급 소생이 시작되었다. 하나둘셋
하나둘셋. 한 삼십분 남짓 지났을까? 휴~! 환자는 한바탕
전투를 치른 뒤에야 간신히 안정되었다. 엑스레이 결과도

---

3) 병원에서 예기치 못한 응급 상황이 발생했을 때 그 장소로 모든 의사들이 무조건 뛰어
   오게 부르는 초 응급 상황 알림

나왔다. 경추부 5-6번 골절, 탈구. 목뼈가 부러져 어긋났다. 아마도 그 뒤로 지나가는 목신경이 완전히 파열된 것 같았다. 1-2 부위만 위로 올라갔어도 그 환자는 아마 즉사했을 텐데 행운인지 불운인지.

거대한 폭풍우가 휩쓸고 지나간 것처럼 두 시간 가량의 전쟁이 끝나고 응급 환자는 정형외과의 몫이 되었다. 어긋난 목뼈를 최소한 비슷하게라도 맞추어야 실낱 같은 희망을 가질 수 있는 상황이었다. 오직 의사의 성실과 관심만이 환자를 살릴 수 있는 유일한 방법! 그렇게 지루한 버티기가 시작되었다. 머리에 추를 매달아 목을 당기면서 삼십분 간격으로 엑스레이를 찍으면서 목의 자세와 추의 무게를 조절하여 목뼈를 맞추는 지극히 무식하고도 황당한 치료였다.

나와 죽이 잘 맞았던 엽기 선배 한 명이 책임을 지겠다고 나선 바람에 나는 일이 수월해졌다. 그저 아무 생각 없이 환자 옆에서 숨을 쉬나 안 쉬나만 지켜보다가 삼십분에 한 번씩 엑스레이를 찍으면 되는 것이었다. 한 스무 장 정도 사진을 찍었을까? 내려오는 눈꺼풀을 지탱하기 위해 성냥개비로 눈가에 버팀목을 세우면서 버티기 어언 다섯 시간. 드디어 완벽한 맞춤 경지의 작품이 나왔다. 밤을 꼬박 지샌 피로도 잊고 신이 나서 아침 회의에 참석했다. 그런데 아뿔싸! 교통사고 응급 환자와 밤새 씨름하느라 회의 준비를 못했던 것이다. 그렇다고 병원이라는 곳이 '오냐 오냐, 환자 보느라 애썼으니 오늘은 봐주마.' 할 만큼 너그러운 곳은 아니란 말이다. 절대로 그럴 리가 없지. 처음으로 나는 외과 칼잡이 조직의 뜨거운 맛을 느껴야 했다.

중환자와 씨름하며 밤샘을 한 것도 중요하지만 그건 기본이고 당직자가 해야 할 일을 못한 것은 응급 환자 발생 상황으로 변명할 수 없는 전혀 다른 일. 회복의 가능성이 희박한 환자 옆에서 날밤을 지샌 두 돌팔이들이 처참히 깨지던 모습은 스태프들에게 한없이 불쌍해 보였을 것이다. 선처 가능성이 전혀 없는 무대포 단무지(단순, 무식, 지랄) 인생들을 동정하는 눈빛이었다. 칭찬을 들을 줄 알았다가 혼줄이 난 두 돌팔이는 조직의 쓴맛에 침통해졌다. 환자와 함께 밤을 지새우고도 야단맞고, 등 기댈 시간도 없이 또 뛰어다녀야 하는 고달픔에 설움이 복받쳤다. 전혀 반성이 되지 않았다. 오히려 이상한 오기가 생기기 시작했다.

'오냐. 의학적으로 이 환자는 회복 불능의 사지마비일지 몰라도 나는 이 환자를 반드시 걷게 할 것이다!!!'

의학 지식도 없는 1년차 전공의 주제에 목표도 야무졌다. 그래도 그런 깡다구가 있었기에 그 시절을 버틸 수 있었으리라.

여섯 번의 대수술을 거쳐 환자는 급속도로 안정을 찾았고 삼 개월 만에 겨우 중환자실을 떠나 일반 병실로 옮길 수 있었다. 그때까지 여러 차례 환자 옆에서 밤을 지새워서인지 눈만 움직일 뿐 다른 어떤 대화도 나눌 수 없던 환자가 참 친숙하게 느껴지던 시기였다.

병실로 옮긴 후 환자 상태는 조금씩 더 좋아졌다. 기관지의 가래를 빼내기 위해 목에 뚫어 놓았던 구멍을 막고 스스로 가래를 빼낼 정도로 회복이 되었고 자연스레 대화도 나눌 수 있었다. 그의 머리에는 가수 강원래 씨도 쓴 적이 있는 Halo-Vast라는 목 고정 장치가 박혀 있었다.

알고 보니 그는 화가였다. 자기 스스로를 '환쟁이'라 했다. 화백 전○○. 동양화가로 우리나라 화단의 중견 작가였다. 술 좋아하고 호방한 성격에 자유 분방함까지 겸비한, 그야말로 예술가가 천성인 사람이었다.

"어이, 형씨. 작다고 얕봤더니 제법 하던데?"

그가 목소리를 되찾은 후 내뱉은 첫말이었다.

"머리에 왕관Halo-Vast 썼다고 의사를 그렇게 부려먹으려 해요?"

내가 응수한 첫말이다. 눈만 겨우 움직이던 사지마비 환자의 수발을 삼 개월 넘도록 들다 보니 미운 정이 들어서인지 오가는 입담이 걸쭉했다. 서로를 갈구는 것으로 회진을 대신할 정도였다. 하지만 그는 어쨌거나 중증의 사지마비 환자. 잠시라도 방심하다가는 갑자기 어떤 일이 일어날지 모르는 상태였다. 단지 신체적인 문제뿐 아니라 정신적인 문제까지도 살펴야 했다. 겉으로는 태연한 척 욕섞인 반말로 일상의 대화를 나누었으나 그는 나에게 상당한 의존성을 가지고 있었고, 그럴수록 나는 잠시도 긴장을 늦출 수 없는 상황이었다.

"의사들 이리 고생하는 줄 알았다면 좀 잘해 줄 걸 그랬어. 정말 훌륭한 사람들이야."

"에이 뭔 빈말을! 이중 절반이 돌팔이에요. 더 큰 문제는 그 절반이 자기가 돌팔이인지 모르고 돌아다닌다는 거죠."

"병원 밥 참 맛있어. 이렇게 맛있는 밥은 처음 먹어본다."

"그리 먹을 것만 밝히니까 몰골이 이 모양이죠. 병원 밥 맛없는 건 세상이 다 알아요."

"이런 느자구없는 돌팔이 보소. 지도 병원 밥 먹고 저리 배 나와놓고!"

항상 퉁명스럽게 그의 말을 받았지만 아주 사소한 것부터 그는 달라졌다. 감사와 감탄어린 시선으로 세상을 다시 보기 시작한 것이다! 죽다 살아나 비록 팔다리가 모두 마비되었어도 그는 볼 수 있는 눈과 느낄 수 있는 머리가 있음에 감격하고 있는 것이다. 그는 나에게 힘들다는 말을 한 번도 한 적이 없다. 그게 나를 더 힘들게 했다. 말을 안 하니 내가 알아서 그의 감각 없는 사지와 뱃속 문제를 돌봐야 했다. 답답하고 고된 일이었다.

아니, 어쩌면 그는 참 쉬운 환자였다. 회복될 가망도 없고 병원에 있는 한 더 나빠지지도 않으니 그저 소화제 몇 알과 제때 밥을 주며 관찰하면 될 일. 오랜 기간 그는 퇴원하지 않고 비싼 병원의 독실에 장기 입원을 하고 있었고, 병원 측에서도 장기 입원 환자에 대한 퇴원 압박을 하지 않았다. 나는 그 이유를 알려고 하지 않았고 그의 주치의이면서도 목 문제와 사지마비 또는 예후에 대해 한마디도 하지 않았다. 솔직히 말하면 이 문제를 직면하고 싶지 않았다. 적어도 '가망이 없다'라는 말을 먼저 꺼내고 싶지 않았던 것이다.

그런데 어느 날 그의 아내가 나를 찾아와 남편의 회복 가능성에 대해 물었다. 오랜 입원 생활 동안 그의 곁에는 늘 간병인이 있었고 아내는 이날 처음으로 딱 한 번 본 것 같다. 그가 회복 가능성이 없다는 것을 알게 된 그의 가족들은 발빠르게 움직였다. 형제들과 아내가 나서서 그의 그림을 처분하려고 했다. 서로 이익을 차지하려는 싸움은 재산권 분쟁으로 이어졌다. 그는 버젓이 살아 있고, 의사 표현도 분명히 하고 있었지만 소용없었다. 모든 것을 자신이 차지하려는 아내와 주변 친인척들 때문에 원치 않는 송사에 휘말리고 말았다. 그리고는 얼마 후 그가 이혼했다는 소식을 우연찮게 들었다. 아내는 일정의 위자료를 받은 후 이혼했고, 형제들이 전00 화백의 법정 대리인으로 재산을 관리한다고 했다. 하지만 형제들 역시 단 한 번도 병원에 나타나지 않았다. 환자의 곁에는 늘 묵묵히 그를 돌봐준 간병인과 돌팔이 친구인 나 둘뿐이었다.

시간이 흐를수록 그는 몰라보게 약해졌다. 밤에 배가 아프다 하여 가보면 '장 마비'가 와서 배에 가스가 가득 차 있고 감기 기운이 있어 약 좀 달라 해서 가보면 가래를 배출하지 못해 생긴 '폐렴'이었다. 어느 날은 병원 식당에서 점심 식사를 하고 있는데 'Doctor Heart 8xx호.

Doctor Heart 8xx호.' 방송이 떴다.

'응급실이나 중환자실도 아닌데 무슨 Doctor Heart지?'

혼잣말로 중얼거리다가 앗!!! 그의 병실이라는 게 떠올라 숟가락을 내던지고 병실로 뛰어올라 갔던 적도 있었다. 주치의로서 그의 가슴에 올라타 심폐 소생술을 시작했으나, 눈앞이 자꾸 뿌옇게 흐려져 그의 가슴이 잘 보이지 않았다.

'당신은 지금 죽으면 안 돼. 당신은 내 눈앞에서 꼭 걸어야 해. 제발 눈을 좀 떠봐. 야! 전○○아.'

간절한 절규 덕분이었을까? 다행히 그는 나를 배신하지 않았다. 다만, 그날 저녁 나는 외과 중환자실 그의 병상 옆에서 밤을 새워야 했다. 그리고 사흘 뒤 그는 다시 일반 병실로 돌아왔고, 그의 곁에는 여전히 간병인 아주머니와 내가 있었다.

"하마터면 간 떨어질 뻔했네. 그동안 밥도 제대로 못 먹었다고요!"

내가 먼저 시비를 걸었다. 그런데 그는 예전처럼 받아치질 않았다. 말없이 한참을 있다가 겨우 입을 열었다.

"김 선생님. 나 가게 그냥 놔두지 그랬어요. 김 선생님 정말 밉네."

아, 그랬다. 그는 자신의 삶을 포기하고 싶어 했다. 그의 주치의인 나는 그의 진정한 고통을 꿰뚫어 보지 못하고 있었던 것이다. 그를 걷게 하겠다는 내 아집은 환자의 뜻과 상관없는 나만의 것이었는지도 모른다.

그로부터 또 여러 날이 지났을 무렵이었다. 유난히 일이 밀려 정신없이 보내다 저녁 식사를 마치고 겨우 병원으로 돌아왔을 때였다. 밤 열시쯤 되었을까. 응급실 앞에서 이상한 광경을 목격했다. 휠체어를 타고 있던 육중한 몸집의 사내가 택시로 옮겨 타고 있었다. 그를 택시 안으로 밀어 넣으려고 애를 쓰고 있던 아주머니를 얼핏 보니 낯이 익었다. 바로 화백 전○○의 간병인이었다. 그 아주머니는 나와 눈이 마주치자 소스라치게 놀라더니 황급히 그와 같은 택시에 올라탔다.

택시 창문에 그의 얼굴이 비쳤다. 그는 가만히 나를 바라보고 있었다. 당장 10미터 앞에 있는 청원 경찰을 불러 택시 앞을 막지도 못한 채 나는 우두커니 서서 그가 떠나는 모습을 지켜보았다. 그는 힘없이 빙긋 웃었다. 나는 그의 얼굴에서 이미 죽음의 그림자를 보았으나 그 그림자는 무섭거나 공포스러운 것이 아니라 푸근하고 아늑했다. 화가 전○○ 씨의 화려한 외출은 무단 퇴원으로 판명되었다.

우리의 작별은 그렇게 이루어졌다.

"그래. 잘 가시오. 나의 친구, 괴팍한 영감탱이."

그 후로 그와 간병인 소식을 들은 사람은 아무도 없었다. 참하고 다소곳했던 간병인 아주머니는 그가 병원에 있는 동안 줄곧 그의 곁에 있었다. 한 번도 그를 떠난 적이 없는 사람이었다. 혹자는 그가 간병인과 바람이 나서 야반도주를 했다고 떠들었다. 나는 정말 그 입방아를 믿고 싶었다. 하지만 그럴 가능성은 거의 없었다. 그 간병인도 나처럼 그를 좋아했을 것이다. 그의 고통을 더 이상 지켜보기 어려웠을 것이다. 아마 병실에서 응급 상황이 발생한 것도 이 성실한 간병인의 이유 있는 게으름 때문이었을지 모르겠다. 죽고 싶어도 스스로는 그 일을 감행할 수 없는 사지마비 환자에게 그녀가 마지막으로 해줄 수 있는 일이란 그를 돌봐주지 않는 것뿐이었을 테니까.

그가 살아 있는지 아니면 죽었는지, 죽었다면 어떻게 죽었는지 여전히 알지 못한다. 하지만 내 가슴에는 그의 자그마한 무덤 하나가 남아 있다. 그리 무거운 마음도 아니고, 아스라한 감동도 없지만 그저 담담하게 가슴 어딘가에 남겨두었다. 힘들 때 가끔 무덤을 찾아가면 언제나 돌팔이 시절의 내가 떠오른다. 끝내 그를 걷게 하지 못한 채 멀뚱히 보내야 했던, 가진 건 오로지 오기와 열정뿐이던 돌팔이 의사 하나가 그의 무덤 곁에 초라하게 서 있다.

다리가 예쁜 소녀

피가 멈추지 않는다. 어디서 출혈이 되는지 감이 오지 않고 손으로 막으려 해도 손이 말을 듣지 않는다.

"빨리 출혈 막고 혈관외과팀 연락해!"

소리를 지르려 하는데 말도 나오지 않는다. 수술팀은 멀뚱멀뚱 나만 쳐다보며 아무것도 하지 않는다.

"다들 왜 이래?"

비명처럼 소리를 버럭 지르며 벌떡 일어났다.

"휴……."

베개가 땀으로 축축해졌다. 꿈이었다.

다시 잠을 청해보지만 잠은 오지 않고 악몽의 순간은

더 선명하게 다가온다. 할 수 없이 잠자리에서 일어나 간만에 욕조에 물을 받아놓고 들어가 앉았다. 잠시 눈을 감고 오늘 수술할 환자를 위해 기도를 한다.

어려운 수술이었다. 아직 키가 크고 있는 아이인데 다리가 안으로 많이 휘고 펴지지도 않고 발목이 돌아가 있는데다 성장판마저 그쪽만 닫혀 있어 다리 길이가 차이가 난다. 이 아이를 외래에서 보았을 때 그 눈빛을 잊을 수 없다. 세상을 증오하는 눈빛. 원망과 핏기어린 눈동자. 볼이 통통하고 눈망울이 커다랗던 귀여운 아랑이(가명)는 어디로 갔을까?

어려서부터 매년 방학 때마다 수술만 십여 차례를 받았다고 한다. 최근 이 년간은 엄마도 아이도 더 이상 수술받는 것을 포기하고 병원에서 연락이 와도 가지 않았다 한다. 그러다 결국 다리가 점점 이상하게 휘어 절뚝거리며 힘들게 걷기 시작했다고.

아랑이에게 학교는 잔인했다. 장애인이 된 아이를 왕따시키며 놀리는 애들이 생겼고, 그럴수록 아랑이는 지팡이를 몽둥이 삼아 자신을 놀리는 애들에게 폭력을 쓰는 괴물이 되어 갔다. 엄마는 수시로 학교에 불려가야 했고, 장애아이자 문제아가 된 아랑이 편에 서서 마냥 아이를 보듬기에는 엄마의 몸과 마음도 지쳐 갔다.

아랑이는 의사들을 바라보는 눈초리가 곱지 않았다. 두세 병원을 옮겨다니며 문제를 해결하려 했지만 결국 아이의 키가 자랄수록 여러 문제가 생겼다고 한다. 방학 때마다 재수술을 받았으니 병원이 좋을 리 없었다. 의사고 뭐고 다 꼴보기 싫었을 것이다. 결국 몇 년 병원을 다니지 않고 방치하는 동안 상태는 더욱 나빠졌다. 더 이상 참기 힘들 만큼 문제가 커진 후에야 엄마는 가까스로 아랑이를 설득해 병원으로 데려왔다.

엄마는 아랑이에게 어떤 선생님 찾아갈까 물었고, 아랑이가 원하는 선생님에게 그냥 모든 치료를 맡기기로 했단다. 아랑이가 찾은 의사가 바로 나. 그런데 왜 하필 나인가? 당시 난 이런 어려운 문제를 풀기에는 경험이 턱없이 부족했는데.

아랑이를 입원시키고 상담실로 데려갔다,

"야, 너 요즘 공부 안 해? 학교 가서 힘 좀 쓴다며? 내

일 수술한다. 수학책 가져와라. 수술 다음날부터 문제 푼다. 못 풀면 알지?"

옛날 생각을 하며 난 잔뜩 반항기 서린 아이의 볼을 꼬집는다. 애써 아무렇지 않은 척하며. 말라서 옛날 모습이 사라진 아랑이 얼굴에 어릴 적 보았던 익숙한 미소가 살짝 지나간다. 아이가 웃었다.

"에그~계집애! 가서 잘 자라. 내일 보자."

아랑이 다리를 한참 쳐다보다 병실로 올려보냈다. 마음에 돌덩이를 얹은 듯 답답하고 무거웠다.

아랑이를 처음 본 것은 십여 년 전, 아이 다섯 살 때였다. 어린 아이가 무릎이 밖으로 휘어 있고 안쪽이 불룩한데 열도 나고 만지면 아파했다. 엑스레이를 보니 전공의 1년차 돌팔이 눈으로는 도대체 어떤 병인지 전혀 감이 잡히지 않았다. 무릎 안쪽으로 성장판이 하나 더 있어 옆으로 뼈가 자란다. 문제는 관절 안으로도 뼈가 자라 이를 잘라주지 않으면 걸을 수가 없고 관절도 다 망가진다는 것. 키가 크는 대로 병도 나빠지는 무서운 형벌과도 같은 병(Dysplasia epiphysialis hemimelica. Trevor's disease). 아직도 생소한 병명이다.

성장하는 아이의 성장판 문제이기에 완치라는 것은 있을 수 없었다. 가장 큰 문제를 해결해 준 뒤, 성장하면서 생기는 문제들을 대처해 나아가야 했다. 오랜 인내심이 필요한 치료가 시작되었다. 전공의 1년차였던 내가 아이에게 해줄 것은 없었다. 안타깝고 불쌍했지만 동정심을 드러내면 안 되었다. 그저 애를 잠시나마 즐겁게 해주고 싶었다. 치료할 때마다 무섭고 아파서 우는 애가 안쓰러웠다.

"아랑이 아야 있어? 아야 어디 있어? 여기 여기?"

"선생님 하고 산수 공부하자. 15 빼기 8, 6 더하기 7⋯⋯."

애가 생각하는 사이 재빨리 치료를 마쳐야 했다.

덕분에 언제부터인가 아랑이가 치료 중에 울지 않고 웃기 시작했다. 이제 흰 가운이 더 이상 무섭지 않은 것 같았다.

새벽 목욕재계를 마치고 병원으로 향한다. 연구실에서 아이의 엑스레이를 걸어놓고 모형 뼈에 낙서를 하면서 모의 수술을 한다. 트레이싱 페이퍼로 교정 위치, 정도를 그려 들고는 수술실로 향한다. 난 오늘 이 아이의 다리가 아닌 마음을 고쳐야 한다. 베토벤의 전원 교향곡이 흐르고, 전날 밤 꾸었던 악몽을 떨쳐내며 집도를 시작한다.

1악장 십분 삼십초가 끝나기 전에 기형이 있는 뼈에 도달해야 한다. 2악장이 시작되면 뼈를 자를 의료톱이 45도 각도로 들어가야 하고 3악장 때 원형 외고정 기기 장착, 뼈를 이식해야 하고 기기를 이용하여 3차원 교정을 시도한다. 내게 주어진 시간은 단 십이분. 음악이 끝나간다.

다행히 악몽 속에서와 같은 출혈은 없었고 시간은 어떻게 흘러갔는지 모를 정도로 순식간에 지났다.

그로부터 또 십 년이 흘렀다. 아랑이는 험난한 사춘기를 지나고 멋진 어른으로 잘 자랐다. 난 얼마 전 아랑이와 함께 엘레베이터를 탔다. 이젠 스포츠센터에서 열심히 운동을 하는 환자 아닌 고객이 된 아랑이. 짧은 치마에 타이즈를 신고 약간 굽이 있는 구두로 한껏 멋을 낸 아랑이는 이제 완연한 숙녀다. 내가 숙녀의 다리를 뻔뻔스럽게 노골적으로 한참 쳐다보니까 아랑이가 눈을 흘긴다.

"선생님, 너무 엉큼하신 것 아니에요? 어디 숙녀 다리를 그렇게 뜨거운 시선으로 막 쳐다보세요?"

녀석이 웃는다.

"워낙 예쁘니까 쳐다보지!"

누가 뭐라 해도 난 아랑이 다리가 세상에서 제일 이쁘다. 에그~계집애. 이제 시집가야겠네.

PART 3

수술실, Operating Theater

신체 기증자를 찾습니다

얼굴이 낯익은 노인 환자분이 오랜만에 병원을 찾아오셨다. 십오 년 만에 내가 옮긴 병원을 물어물어 어렵게 오셨다고 했다. 양쪽 무릎 다 인공관절을 해드린 지 이십 년 가까이 지났는데, 참 잘 고정되어 있고 기능이 좋다는 말씀에 내가 오히려 감사한 마음이었다.

그동안 미국에 가서서 고생한 이야기, 자식 이야기, 손주 이야기, 지방에 어렵게 정착하셔서 사시는 요즘 이야기……. 예약 시간이 밀려 진료실 밖에는 마냥 기다리시는 환자분들이 많아 죄송했지만, 어르신 말씀을 차마 끊을 수가 없어 찬찬히 들었다. 고령의 나이에 얼마나 힘들게 나를 찾아 예약하고 기다렸다가 여기까지 오신지 알기 때문에.

"나는 이제 천수를 다 누렸고 수술 잘 해주셔서 편안히 여태껏 살았으니 이제 죽을 준비를 하고 있소. 내가 여기까지 수소문해서 온 이유는 다름이 아니라……."

독실한 기독교인이신 이 환자분은 자기가 받은 은혜를 조금이나마 갚을 길이 없을까 오래 생각하셨다고 한다. 그 고민 끝에 얻은 결론이 바로 자신의 육신을 병원에 기증하는 것! 짐작컨대 어르신 연배에는 '신체발부 수지부모 身體髮膚 受之父母' 같은 유교 사상이 뿌리 깊어 장기기증을 결심하는 게 결코 쉬운 결정은 아니었을 것이다. 그런데도 기꺼이 타인을 위해 장기기증을 하시겠다니 놀랍고도 감사했다. 정형외과 외래에서 신체 기증 업무를 다룰 수 없어 적절한 절차를 안내해 드렸다. 덕분에 예약 시간이 한 시간가량이나 늦어져 기다리신 다른 환자분들은 많이 불편하셨을 테지만 사정을 듣고는 다들 이해해 주셨다.

아무리 과학과 의술이 발전해도 인간이 만들어 낼 수 없는 게 혈액과 장기다. 절박하게 아파본 사람은 헌혈과 장기기증의 소중함을 뼈저리게 알 것이다. 돈으로도 살 수 없는 것, 누군가가 성심껏 내어주지 않으면 감히 얻을 수 없는 것. 진부한 말처럼 들릴 수도 있겠으나 그야말로 생명을 살리는 고귀한 일이라고밖에 말할 수 없다. 언젠가

나도 떠날 때가 다가오면 남김없이 모든 것을 내어주고 최대한 세상에 폐를 덜 끼치도록 조용히 소멸하고 싶다는 소망을 가지고 있다.

늦어진 진료를 서두르면서도 연신 싱글벙글 웃음이 났다. 기다림에 지친 환자들과도 서로서로 따뜻한 연말 덕담을 나누었다. 나는 할아버지 무릎을 고쳐주고 할아버지는 자신의 몸을 기증하여 장기를 이식해야 하는 환자를 고쳐주고, 건강을 되찾은 장기이식 환자는 지친 내 마음을 고쳐주고!

돌고 도는 행복이다. 이 맛에 오늘도 가운을 휘저으며 수술실과 진료실을 누빈다. 받은 것을 나누려는 사람들의 선한 마음 때문에 힘든 고비를 숱하게 넘어올 수 있었던 건지도 모르겠다.

에포닌의 On My Own

"에포닌 나오기 전에 끝내자!"

"어? 선생님, 곧 에포닌 나와요."

"그래? 빨리 서둘러야겠다. 자 그럼!"

무슨 뚱딴지 같은 소린가 싶겠지만 내 수술실에서 나오는 소리다.

메디컬 드라마에 수술실 장면이 종종 나온다. 의사가 "매스!"하면 간호사가 의사 손바닥 위에 수술도구를 착착 올려주기도 하고 어떤 의사는 "내 수술방에서 나가!"라며 소리를 지르기도 한다. 긴장감 넘치게 수술을 집도하며 의학용어를 진지하게 주고받는 장면이 연출되기도 한다.

그러나 내 수술실에서의 불편한 진실! 의학적인 대화는 거의 오가지 않는다. 야단을 치고 소리를 지르거나, 절박한 긴장으로 숨을 죽이는 일도 거의 없다! 대신 아름다운 음악이 흐른다.

뮤지컬 〈레 미제라블〉을 보고 난 후 25주년 하일라이트 열일곱 곡을 다운받아 수술할 때마다 들었다. 총 한 시간 정도 분량인데, 가장 중간에 에포닌의 〈On My Own〉이 있다. 이 노래가 나오기 전에 수술을 끝내려면 삼십분이다!! 그녀의 노래를 듣지 않는 게 목표가 되곤 했다. 목표가 생기면 모든 수술팀이 기분 좋게 긴장되어 즐겁게 수술을 진행할 수 있다.

이미 노래 한 곡 한 곡에 익숙해진 펠로우와 스크럽 간호사는 노래가 바뀔 때마다 수술 속도를 조절한다. 음악 덕분에 편안함과 긴장감이 적당히 어우러져 또 그럭저럭 하루치의 수술 스케줄이 물 흐르듯 흘러간다.

나에게 수술은 매일 하루 열 건 이상씩 밥 먹듯 반복되는 일상이다. 대수롭지 않다는 뜻이 아니다. 아무리 간단한 수술이라도 가볍고 만만한 건 없다. 그렇다고 매번 온몸에 힘 잔뜩 줘가며 할 수는 없다. 드라마에서처럼 날마다 심장이 쪼그라붙고 입이 타들어갈 정도로 긴장하면서 수술하다가는 일 년도 못 버틴다. 힘 조절이 필요한 것. 힘 조절에 가장 효과적인 게 바로 음악이다.

곡 하나에 희노애락이 교차하고 기승전결이 담기듯 수술 과정 또한 그렇다. 슬픔과 기쁨, 절망과 환희가 있다. 타인의 아픈 무릎을 고치는 수술실이 나에게는 고흐의 캔버스이며, 메시의 그라운드고 베토벤의 악보이자 피아노다. 차갑고 삭막한 나의 일터. 아픈 환자와 딱딱한 얼굴의 의료진만 있는 수술실에 음악이라도 한 줄기 흐르면 그나마 견딜 만한 곳이 된다. 관객은 없지만 배우가 있고, 각본이 있어 때로는 연극 무대처럼 느껴지는 곳. 무대에 오르기 전에는 시나리오대로 머릿속에서 수없이 예행연습도 한다. 수술실을 영어로 옮길 때 'Operating Room'이라고 하기도 하고 'Operating Theater'라고도 하는데 극장이라는 뜻의 'Theater'를 붙인 이유를 이제야 알겠다. 나는 'Operating Theater'라는 단어를 참 좋아한다.

톱과 망치로 조이고 풀고 두드리며 날마다 연장질하는 정형외과 의사라서, 내 어깨와 팔꿈치 관절은 늘 통증에 시달린다. 밥을 먹다가도, 잠을 자다가도 혼자 아픈 팔꿈치를 주무르기 일쑤다. 타인의 무릎과 맞바꾼 나의 팔꿈치. 어처구니없기도 하지만 의사란 원래 자기 수명 단축해 가며 남의 수명 연장시키는 직업 아닌가. 내 팔꿈치가 아프다는 건 그만큼 많은 사람들이 무릎 통증에서 조금이나마 벗어났다는 뜻이라고 스스로를 달랜다.

연극 무대뿐 아니라 모든 일터가 비슷하겠지만, 수술실 역시 한치의 실수도 용납되지 않는 현장이다. 그러나 나에게 수술실은 가장 편안한 곳, 내가 사랑하는 공간이다. 언제든 내가 있어야 하는 자리고, 가장 나답게 서 있을 수 있는 자리이기도 하다. 에포닌의 〈On My Own〉이 나오기 전에 수술을 끝내는 게 목표라서 매번 이 곡을 듣지 못하는 경우가 많지만 그래도 괜찮다. 준비된 음악은 에포닌 말고도 많으니까.

이제는 옛날 추억이 된 내 수술실 전용 MP3 기기 속에는 여러 개의 음악 폴더가 있었다. 폴더에는 대략 삼십분부터 두 시간 이상까지 시간에 따라 많은 곡이 분류되어 있다. 어떻게 수술이 진행될지 가늠하기 힘든 수술팀은 내가 수술실에 들어와 두 시간짜리 곡을 틀고 손을 닦으러 나가면 한숨을 내쉰다. 수술이 좀 복잡하고 까다롭게 진행될 것이라는 예고다. 삼십분짜리 폴더가 열리면 탄성이

터진다. 뒤돌아서는 내 입가에도 슬그머니 미소가 번진다.

'다음에는 각 수술팀 각자마다 희망하는 노래를 접수 받아서 같이 들어볼까?'

수술팀 한 명 한 명을 둘러본다. 펠로우, 전공의, 간호사 등……. 그들은 그저 이름 없는 들러리들이 아니다. 집도의 팀으로서 각자의 역할을 가진, 없어서는 안 될 중요한 존재들이다. 그 친구들 한 명 한 명의 개성을 담은 음악을 그들이 수술실에 입장할 때 틀어야겠다. 각자의 입장송으로! 그들 모두가 이 수술실의 주인공이기에.

수술실 유머

그 아이는 무척 겁이 많고 눈물도 많았다. 예술 고교에서 피아노를 전공하던 소녀였다. 무릎 앞 뚜껑뼈가 자꾸 빠지는 문제가 있었다. 의학적으로는 슬개골 탈구라는 진단명. 체육 시간에 뜀틀에서 뛰어내리다가 처음 빠졌는데, 계단 내려갈 때나 걷다가 긴장이 좀 풀어지면 자꾸 빠지는 일이 반복되었다. 통증 때문에 도저히 버틸 재간이 없었는지 병원을 찾아왔다. 엑스레이를 보니 난감했다. 뼈 모양도 이상하고 여러 번 무릎뼈가 빠졌던 상황이라 연골 손상도 있었다. 이미 다리가 돌아가 있어 간단한 수술로는 고치기 어려웠다.

"수술만 하면 다 나을 수 있어!"

이런 단순한 말로 환자에게 확신을 줄 수 있으면 좋으련만, 상태는 썩 좋지 않았다. 조심스럽게 수술을 하자고 하니 이내 눈물을 쏟고, 고치기 어려운 복잡 기형이라는 말에 또 울었다. 수술 방법을 설명하니 다시 울고, 상처를 그려주니 또 울고……. 입원 후 하루 검사하는 동안 난 이 애가 울었던 기억밖에는 없다. 이쯤되니 엄마도 애 곁에서 꼼짝을 못했다.

'이 애를 꼭 수술해야 하나.'

회의감이 불쑥불쑥 올라왔다. 하지만 다른 방법이 없었다. 결국 수술실에 들어갔다. 수술실에는 엄마가 없다는 것을 안 애가 또 울기 시작한다. 게다가 허리 마취를 고집하는 바람에 마취 후에도 수술 과정을 다 듣게 될 텐데 난감했다.

어쩌면 좋을까, 고민하다가 피아노 전공이라는 이 소녀에게 좋아하는 음악을 들려주기로 했다. 급하게 커다란 헤드폰을 준비한 후 전공의가 애 머리맡에 서서 컴퓨터를 켜고 좋아하는 곡을 말해 보라 했다. 그러자 애가 울먹이며 "슈만의 피아노 소나타를 틀어주세요."라고 했다. 그러자 잠시 침묵이 흘렀다. 당황한 기색이 역력한 전공의는 뜻밖의 대답을 했다.

"슈만은 잘 모르겠고 슈렉은 아는데 그거라도 들을래요?"

덕분에 소녀가 까르르 웃었다. 한 번의 웃음이 가지는 효과는 크다. 긴장을 덜어주고 마음을 어루만져 준다. 그걸로 해결되었다. 이 소녀는 어려운 수술을 잘 마치고 아픈 재활 과정도 잘 이겨냈다. 언제 울보 겁쟁이였는지 기억나지 않을 정도로 씩씩해졌다.

병원 수술실은 모든 환자에게 질병의 아픔과 공포가 있는 곳이며, 의사들에게는 긴장과 촌각을 다투는 스트레스가 집중된 곳이다. 모두가 날카롭고 예민할 수밖에 없는 곳. 그래서 그 어떤 곳보다 더 유머와 웃음이 필요하다.

무릎에 철심을 넣은 환자가 철심을 제거하는 수술을 하러 오면 "이제 철없는 사람이 되겠네?" 싱거운 농담을 건넨다. 무릎 주사를 놓으려 할 때 환자분이 잔뜩 겁을 먹고 "주사 많이 아파요?" 물으면 능청스럽게 답해 준다. "정말 아파요. 너무 아파서 몇 분 돌아가셨어요!" 그러면 환자분은 대부분 황당해하며 피식 웃는다. 그 순간을 놓치지 않고 냉큼 주삿바늘을 깊이 쑤욱 찌른다. 아파할 틈도 없이 얼떨결에 맞도록!

마침 와세다 대학에서 스포츠의학 전문의 몇 분이 방문하신다고 해서 또 농담을 건넸다.

"와세다가 세상에서 가장 센 대학이라면서요? 와~세다!"

일본 의사 선생님들은 영문도 모른 채 기뻐했다. 뜻은 정확히 이해하지 못했을지라도 그것이 농담임은 눈치챈 모양이었다. 역시 농담은 힘이 세다.

내가 옛날 근무하던 서울백병원 정형외과에는 몇 안되는 여자 스태프가 있었다. 평소에는 소탈하고 괄괄하고 농담 잘해서 남자처럼 편하게 대했지만, 본질적으로는 외모에 신경 쓰는 젊은 아가씨였다. 어느 날부턴가는 예뻐져야 한다는 일념으로 다이어트를 시작했다. 무작정 굶다보니 수술할 때마다 허기를 많이 느꼈다.

그 여선생은 나름 농담을 한답시고 "아 뱃속에 회충이 있나 봐. 왜 이리 배가 고프지?"라고 무심코 내뱉었다. 그러자 평소 여선생을 사부로 생각하고 졸졸 따라다니던 순진하고 무식한 2년차 초반 전공의가 점심 때 갑자기 수술실 밖으로 바쁘게 뛰쳐나갔다 들어오는 것이었다. 회충약 한 통을 들고서!

이거야 원 웃어야 할지 말아야 할지! 이 대책 없는 신의 창조물은 어떻게 구제가 가능할지. 나는 여선생에게 젊잖게 충고 한마디를 건넸다.

"농담을 할 때는 상대가 이해하는 수준을 우선 파악해라. 수준이 가늠되지 않는 경우에는 일단 우아한 농담으로 최대한 가려서 하고! 우아하면 기본은 된다. 회충약은 선의의 선물이니 절대 버리지 말고 해결하시고!"

그러자 모두들 또 까르르 웃었고, 여선생은 그날 할 수 없이 공복에 회충약을 먹었다. 불행히도 여선생을 좋아하던 전공의의 별명은 그날부터 회충약 '알벤다졸'이 되었음을 밝혀둔다.

수술실 유머는 능률을 올린다. 오늘도 난 웃겨야 한다. 몸도 마음도 지쳐 있을 환자분들과 의료진의 사기를 드높이려면 어쩔 수 없다. 내가 먼저 수술팀의 사기를 올리는 '사기꾼'이 되는 수밖에. 이건 또 하나의 직업병이다.

샤워 결벽증

수술 스케줄이 있는 날에는 수술 전에도, 점심 때도, 수술 후에도 샤워를 한다. 하루 세 번 샤워부스에 서서 나만의 시간을 즐기며 천천히 샤워에 집중한다. 하루 세 번 샤워는 벌써 이십여 년이나 된 습관이다. 평소 존경하던 노 교수님께 배운 결벽증이다.

척추 수술 분야의 세계적인 대가이신 교수님의 언사와 품행에 대해서는 신화와 같은 이야기가 많았는데, 함께 두세 달 생활해 보니 그분의 특별한 점이 내 눈에도 띄었다. 특히 눈길이 간 것은 점심시간마다 유독 길게 샤워를 하시는 모습이었다.

'하루 7~8건의 대수술을 집도하시면서 잠시 쉬실 시간도 부족하실 텐데 왜 저렇게 매일 점심시간에도 샤워를 하시지? 워낙 청결하시고 깔끔한 성격이신가?'

이상하고 놀라웠다. 교수님은 매번 점심 샤워 후 수술복과 모자, 마스크를 새로 갈아입고 다시 수술을 이어가셨다. 어느 날 교수님과 함께 점심식사를 하다가 여쭤볼 기회가 생겼다.

"교수님은 너무 청결하신 것 같아요. 보통은 수술 끝난 후에 씻으시는데 점심시간에도 꼭 씻으시네요?"

그러자 교수님은 허허 웃으시며 말씀하셨다.

"김 선생은 내가 오늘 몇 번 씻었는지 아나? 외과 수술하는 사람은 하루에 적어도 세 번 넘게 씻어야지! 이거 명심하라. 자네를 위해 씻는 건 마지막 샤워 한 번뿐이야."

더 말씀은 없었고, 더 여쭐 말도 없었다.

그 후 난 교수님 말씀을 기억하며 실천하려 했으나 쉽지 않았다. 새벽부터 시작하는 콘퍼런스에 각종 학술, 행정업무까지 하다가 수술 시간이 닥치면 부랴부랴 바쁘게 뛰어들어가기 일쑤였다. 점심 식사 후 샤워를 해야지 마음

먹었다가도 중간중간 긴박한 일들이 생기면 건너뛰곤 했다. 그러다 병원을 옮기고 배정받은 수술실 사물함이 마침 샤워실 바로 앞이었다. 교수님 말씀을 지키지 못한 것이 항상 마음의 빚처럼 무거웠던 터라, 단단히 결심을 했다.

"모든 것은 습관이다. 짬을 내려고 하면 짬이 나기 마련이다."

그때부터 나는 결벽증이 있는 사람처럼 열심히 씻고 또 씻었다. 공기 중의 먼지와 균을 내 몸에서 제거하기 위한 청소의 과정은 때로 고통스럽기까지 했다. 그러나 그것은 환자를 위한 당연한 예의였다. 오직 하루 마지막 샤워만이 나 자신을 위한 것이고, 나머지는 모두 내게 몸을 맡긴 환자를 위한 배려다.

습관이 몸에 밸 때까지는 하루 세 번 이상 하는 샤워가 너무 귀찮고 번거롭고 힘들었다. 하지만 습관의 힘은 무서운 법. 힘들수록 몸에 밸 때까지 반복하는 것밖에 달리 방법이 없다. 프로페셔널이 되기 위한 유일하고 혹독한 비밀이다. 이제는 나도 점점 식사 후 샤워를 하고 수술복을 갈아입지 않으면 무언가 나태한 느낌이 들어 환자들에게 미안할 정도가 되었다.

오늘도 열 개가 넘는 수술이 잡혀 있다. 나는 수술실 캐비넷을 열면서 수술 환자의 명단을 살펴본 후 샤워를 시작한다. 구석구석 꼼꼼하게 오래 씻는다. 나를 위한 마지막 샤워의 자유로움을 기다리며.

써전Surgeon, 실패의 기록으로 얻은 이름

나는 최고의 참모였다. 공부가 좋았고 특히 뼈나 인대와 같이 변덕스럽지 않고 언제나 든든하게 몸과 관절을 지켜주는 항상적인 구조가 좋았다. 늘 내가 예상하고 기대하는 모습 그대로였다. 근골격계가 가지는 든든한 항상성은 나에게 큰 매력으로 다가왔다.

주변 사람들은 정형외과를 참 무식한 과라며, 목수나 백정의 일에 비유하곤 했지만 그럴 때마다 난 자존심 상해 하며 늘 우리 과를 변호했다. 과학과 논리를 앞세우며 뼈관절과에 대한 무한 사랑을 과시했다.

전공의 시절에는 수술 들어가는 전날부터 해당 수술

부위의 해부학적 구조, 수술 접근법과 각종 고정법의 장단점 등을 열심히 준비했다. 집도하시는 교수님들의 질문에 늘 준비된 대답을 하기 위해서였다. 교수님들이 수술을 잘할 수 있게 각종 견인 도구들(리트랙터Retractors)을 눈치 있게 사용하며 내가 수술하는 사람인 양 집도의의 마음으로 살폈다. 덕분에 어떤 상황에서든 빠르게 도와드리는 '퍼스트 어시스턴트First Assistant'가 될 수 있었다. 가끔 교수님들이 어려운 수술을 하면서 '김진구 선생 어디 있나?' 하는 말이 나오는 것을 스스로 존재 의미로 삼으며 자부심을 갖곤 했다.

뼈관절에 대한 나의 사랑은 훗날 미국 피츠버그 대학 연수 시절에도 이어져서 닥터 하너Dr. Christopher D. Harner의 수술을 열심히 도왔다. 덕분에 '어디선가 누군가에 무슨 일이 생기면 틀림없이 나타나는 홍반장'이 되었다. 시도 때도 없이 닥터 킴을 찾는 그의 입버릇 때문에 닥터 하너의 별명이 '웨얼이즈 닥터킴(where is Dr. Kim?)'이 되었던 시절이었다.

그러다 드디어 내가 교수가 되어 직접 수술을 집도하는

때가 왔다. 난 누구보다 수술을 잘할 것이라고 믿어 의심치 않았다. 하지만 내 손으로 직접 하는 수술은 내가 공부하며 도움을 드리던 조수 시절처럼 쉽게 진행되지 않았다.

다리가 부러진 환자의 골수강[4]에 금속정을 넣는 골절 수술은 정형외과 전문의라면 그리 어려운 수술이라 여기지 않는다. 길게 잡아도 한 시간 정도면 무난히 마칠 수 있는 수술이었고 많은 조수 경험을 통해 달리 공부를 하지 않아도 충분히 할 수 있을 것이라 생각했다. 그러나 이게 웬걸!

엑스레이를 보며 큰 금속정을 가로지르는 나사못을 꽂아야 하는 마지막 작업이 생각처럼 잘 되지 않았다. 내가 생각한 위치에서 구멍이 나오지 않았고 아무리 애를 써도 제대로 마무리가 되질 않았다.

한두 시간의 시간이 흐르자, 조수였던 2년차 전공의가 참다 못해 자신이 해보겠다고 나섰다. 할 수 없이 기회를 주었더니 이 친구가 오분 정도 안에 쉽게 고정을 하는 것이 아닌가?

자존심이 상했지만 운이 좋아 그랬겠거니 했는데 두

---

4) 뼈 구조물의 일부분으로 치밀뼈의 내부를 가르키는 말이다.

번째, 세 번째 수술도 역시 마찬가지였다. 손에 감이 와야 하는데, 마음처럼 되지 않았다. 그때마다 전공의들의 손을 빌어 마무리를 하기 일쑤였다. 말할 수 없이 답답했다.

준비가 부족하거나 공부가 부족해서 생기는 문제는 내 노력의 문제이니, 읽을 수 있는 모든 수술 교과서를 닥치는 대로 읽었다. 심지어 쉽게 수술하는 변형된 방법을 보고하는 논문까지 샅샅이 검색하고 다시 도전했다. 그러나 결과는 역시 마찬가지.

2차원의 세계인 엑스레이, CT, MRI를 보고 떠드는 데는 최고였지만 실제 수술을 하는 3차원의 세계는 나의 것이 아니었나 보다. 실망스러웠다.

영어 표현 중 'My fingers are all thumbs' 라는 표현이 있다. '손가락이 모두 엄지'라는 뜻. 요새 말로 하면 '금손'의 반댓말인 '똥손'쯤 되려나? 직접적으로는 손끝이 거칠고 서툴다는 표현이겠지만, 무언가에 재간이 없는 것을 표현하는 것인데 정말 나에게 꼭 맞는 표현 같았다. 슬프고 아쉽지만 격하게 동의할 수밖에 없는 느낌이었다.

'왜 내 손가락은 다 엄지손가락일까?'

한탄스럽기 짝이 없었다. 자존감이 무너지는 순간이기도 하였고, 회피하고 싶은 방어기제가 작동하는 순간이기도 하였다.

'이론과 학술에 강한 사람이 학자가 되는 것이지, 수술을 잘하는 것이 능사는 아니다. 원칙에 충실하게 치료를 진행하는 것이 더 중요하다.'

이런 말이 위안이 되기도 하였지만 수술실에 들어가서 당황스러운 순간을 맞닥뜨리면 이런 말조차 별 위안이 되지 않았다.

'그래 내가 수술을 못하는 절름발이 외과의사라는 것을 인정하도록 하자. 그리고 잘 연습해서 내가 가진 다섯 개의 엄지손가락을 남들이 가진 민첩한 검지, 중지 손가락이 될 수 있게 훈련시켜 보자. 혹시 아는가? 엄지손가락이 가진 장점을 잘 이용한 민첩한 손가락들이 될 수도 있을지 모르지 않는가? 엄지손가락은 굵고 짧지만 어느 손가락보다 더 회전이 자유롭지 않은가?'

나는 연구실에 뼈와 무릎관절 모형을 사들였다. 박봉의 말단 교수 월급으로는 적지 않은 부담이었지만 절박한 마음이 있었기에 아깝지 않았다. 뼈 모형에 부러진 환자의 엑스레이에서 내가 파악한 골절의 모습을 그려서 3차원으로 이해하는 연습을 했다. 수술실의 장비를 이용할 수 있는 저녁시간과 주말을 이용하여 그 뼈 모형에 금속정을 넣고, 가로지르는 나사못을 고정하는 연습을 하고 또 하였다.

수술 노트도 새로 작성하기 시작하였다.

교과서 같은 이론적인 문제가 아닌, 전적으로 내가 수술할 때 닥치는 많은 상황들을 상세하게 기술했다. 잘 안되고 막히는 세세한 술기를 세분하여 내가 해결해야 할 문제를 꼼꼼히 적었다.

그러다 보니 다리뼈 골절 치료를 위한 금속정 고정은 교과서에도 반 페이지 정도 분량으로 기술되어 있지만 내가 작성한 노트에는 네 장에 걸쳐 육십 개 단계의 술기로 세분하게 되었다. 각 과정마다 실수한 것을 적고, 마음에 들지 않았던 나의 술기에 질문을 던지고, 이에 대한 답과 노트를 다는 식이니 당연히 길 수밖에.

매번 수술할 때마다 이 노트를 보고 또 보았다. 누구나 실수를 하고 잘못할 수도 있지만 노력하여 같은 실수를 반복하지 않는다면 한 발씩 앞으로 나아갈 수 있으리라. 모든 손가락이 엄지여도 다른 사람들처럼 다섯 개의 날씬한 손가락보다 더 훌륭한 수술을 할 수 있을 거라는 희망을 주고 싶었다. 그리고 이를 지켜나갔다.

골절 수술이 이 지경인데 관절경을 보고 섬세하게 진행되어야 하는 전방십자인대 재건술이야 오죽하겠는가?

젊은 교수 시절, 내 수술을 돕던 전공의들은 경험이 부족한 1~2년차 전공의들이었는데 취프Chief[5] 레지던트는 내 수술을 들어가게 되는 아래 연차 전공의들에게 늘 수술 직전 식사를 반드시 하고 들어가게 조치를 해주었다 한다. 김진구 교수의 수술은 너무 느려서 언제 마칠지 모르니 반드시 밥을 먹고 인내심을 가지고 수술을 이겨나가기 바란다는 당부도 잊지 않았다고. 각별한 배려의 마음이 필요했을 지경이었다. 전방십자인대 재건술은 백이십여 단계의 술기로 나누었다. 물론, 그만큼 수많은 실수를 하였다는 뜻일게다.

그런데 언제부터였을까? 수술실에 들어오는 전공의들의 태도가 조금씩 적극적으로 바뀐 것 같았고, 간호사들도 가끔 농담을 받아주는 등 여유롭게 느껴졌다. 그렇다. 숱한 연습과 시행착오 끝에 난 어느덧 전방십자인대 재건

---

5) 대학병원에서 각 진료과(의국)의 최고참 레지던트. 보통 3~4년차 의국장을 말한다.

술이라는 무릎관절 스포츠의학 분야 최고의 수술을 이십 분 만에 집도할 수 있는 의사가 되었다.

여전히 내 수술 노트에는 백이십여 단계의 Dr. Kim's Note가 있고 그 단계는 내가 수술해온 세월만큼이나 많은 경험과 그 경험 중 겪게 된 모든 실수와 문제점이 낱낱이 적혀 있다. 그리고 수술 시 겪게 되는 문제를 극복하기 위한 팁까지 빽빽하게 기술되어 있다. 이제 일 년에 백여 명의 국·내외 의사들이 내 수술을 참관하며 이런저런 것들을 배우고 있다.

아마도 내 수술에 화려한 신기의 기술이나 나만 할 수 있는 필살기가 있지는 않을 것이다. 그저 평범한 기본 술기에 불과한 수술이 간결하게 끝난다는 느낌일 것이다.

그러나 그 평범한 수술에 사람들이 모르는 비밀이 있다. 매 순간마다 나는 지나간 많은 실수들을 되뇌이며 그 실수가 반복되지 않게 노력한다. 그리고 나를 따르는 펠로우, 전공의들에게 습관처럼 말한다.

"수술을 잘해야 좋은 외과의사가 될 수 있다. 그러나

수술 잘하는 의사는 타고나지 않는다. 처음에는 아주 수술을 못할 수도 있다. 아무리 수술을 못하더라도 이 한 가지만 기억하면 된다. 그것은 바로 같은 실수를 두 번 하지 않는 것이다."

모든 좋은 수술은 모든 실수에 대한 명료한 기억이다.

PART 4

별처럼 빛나는 나의 환자들

금메달리스트의 무릎

_ 스피드 스케이트 이상화 선수

내 전공은 스포츠의학 무르팍 담당이다. 필연적으로 수많은 선수들의 눈물과 좌절을 가슴에 품고 살아갈 수밖에 없다. 의료진은 선수들의 조력자이자 그림자. 한 계단 한 계단 목표를 향해 올라갈 수 있도록 선수들을 보호하고 치료하는 게 우리의 일이다.

선수들의 부상과 장해 상태는 매우 민감한 사안이라 각별히 조심해야 한다. 내가 지켜주어야 할 가장 소중한 비밀이기에 선수들이 스스로 원하거나 밝히는 경우가 아니고서는 절대 먼저 공개하지 않는다.

그러나 이제는 말할 수 있다! 이미 언론에 공개된 내용이기도 하고, 거의 많은 선수들이 이제는 은퇴했기 때문에 현역 시절과는 달리 조금 너그러울 수 있는 탓이다. 환자를 빼놓고 의사로서의 내 삶을 이야기할 수는 없기에, 나의 환자이자 선수들이 허락하는 한에서 지난 시간들을 뒤돌아본다.

나는 그들의 무릎만을 치료하려고 애썼으나, 그들은 때때로 온 국민의 마음을 치료했고, 나에게 삶의 자세를 깨우쳐 주었다. 스승은 언제나 가까이에 있다.

그녀를 처음 본 것은 2012년 진료실에서였다. 2010년 밴쿠버 동계올림픽에서 한국 여자 스피드 스케이팅 선수로는 처음으로 500미터 금메달을 따낸 이상화 선수. 빙상 불모지나 다름없던 대한민국에 빛나는 메달을 안겨준 그녀는 온 국민에게 환희의 순간을 선사했고, 덕분에 큰 사랑을 받았다.

정형외과 스포츠의학을 하는 나도 이상화 선수에게 갈채를 보냈다. 무엇보다 그녀의 허벅지, 대퇴사두근은 단연 돋보였다. 특히 무릎 안쪽의 불룩한 내측 광배근 모습은 단순히 꿀벅지로 부르기 아까울 정도로 멋지고 탄탄했다.

그러나 진료실을 찾아온 그녀는 나를 보자 대뜸 눈물

을 글썽였다. 계단을 내려가기도 힘들 만큼 극심한 통증을 참아온 것이다. 모두가 감탄하는 하체 근육으로 금메달을 따냈지만 뒤에서는 남 몰래 혼자 고통스런 눈물을 삼키고 있었다.

팬이 아니라 의사로서 금메달리스트 이상화의 무릎을 자세히 살펴보았다. 내측 추벽증후군. 스케이팅 같은 운동을 하는 선수들에게서 흔히 볼 수 있는 일종의 직업병이다. 그러나 많은 환자를 보아왔던 나조차도 그렇게 큰 내측 추벽을 본 적이 없었다. 결코 과잉 진단이 아니었다. 어려서부터 무릎관절을 많이 구부린 자세로 오랜 시간 훈련을 해왔기 때문에 앞무릎에 하중이 많이 걸렸다. 그동안 얼마나 지독한 훈련을 해왔는지 한눈에 알 수 있었다.

스케이트를 탈 때 도대체 어느 정도의 힘이 무릎에 걸리는지 알아보려고 온갖 논문을 찾아보았다. 하지만 국내외 어디에서도 스피드 스케이트 운동 시 무릎에 걸리는 하중을 정확히 계산한 문헌은 찾을 수 없었다. 자세를 아주 낮게 하고 가장 빠른 속도를 이겨내는 상황은 대략 자기 체중의 10~15배 정도 하중이 걸릴 것으로 추산할 뿐이었다. 영점 영 몇 초에 사활을 거는 예민한 기록 경기를 위해 매일 하루도 거르지 않고 십 년 이상 운동을 해왔으니, 무릎이 안 아프다면 오히려 이상한 일이다.

이상화 선수의 무릎에는 커다란 띠가 걸려서 계단 내려가기도 힘든 상황이라 수술적 제거가 필요했다. 그런데 놀랍게도 운동할 때는 전혀 통증을 느끼지 않았다. 큰 경기 이후에는 다리를 절뚝절뚝 절고 다닐 정도의 상태였는데도 불구하고!

그 아픈 무릎으로 이상화 선수는 2013년 여자 500미터에서 세계 신기록을 경신했고, 2014년 소치 동계올림픽에서도 500미터 금메달을 따냈다. 그녀의 무릎 상태를 알고 있던 나는 기쁨보다 걱정이 앞섰다.

소치 올림픽이 끝난 후, 그녀는 다시 진료실을 찾아왔다. 상태는 이전보다 두 배로 악화되었고, 대퇴 내측의 연골마저 파괴되기 시작했다. 스피드 스케이팅 선수는 점프, 착지, 피보팅Pivoting[6] 없이 무릎에 걸리는 강한 압박을 견뎌내야 한다. 그 과정에서 관절 연골이 짓이겨지고 망가지는 고통을 참아내는 것이다.

---

[6] 몸의 중심축을 한쪽 발에서 다른 쪽 발로 이동시키는 것

"이 상태로 2018년 평창 올림픽 출전이 가능할까요?"

옆에서 이상화 선수를 관리하고 함께 생활하는 코치와 감독도 염려가 컸다. 하지만 이상화 선수의 출전 의지는 강했고 간절했다. 아픈 무릎을 대신해 그녀는 근력을 더 키웠다. 특히 앞무릎의 힘을 30% 정도 증가시켰으며, 체중도 줄였다. 그동안 흘린 땀의 무게가 고스란히 느껴졌지만 나는 머뭇거릴 수밖에 없었다.

"수술하자고 했더니 세계 신기록을 내버리네! 이번 올림픽 또 나가면 더 큰 수술하고 목발 삼 개월 짚어야 하니까 알아서 하세요!"

말로는 엄포를 놓았으나 그녀의 단호한 의지를 꺾을 수 없다는 걸 이미 알고 있었다. 내가 해줄 수 있는 것은 도핑에 안전한 진통소염제를 처방해 주는 것뿐이었다. 한 줌의 약과 팬으로서 보내는 응원, 그리고 기도 외에 더 무엇이 필요하겠나.

결국 이상화 선수는 예정대로 2018년 평창 동계올림픽에 출전했고 다시 500미터 출발선 앞에 섰다.

"제발, 제발!"

그녀의 무릎이 조금만 더 버텨주기를! 간절한 마음으로 두 손을 모았다. 경기가 시작되자마자 이상화 선수는 언제 무릎이 아팠냐는 듯 엄청난 속도로 질주했다. 결승선이 다가올수록 지켜보는 나까지 애가 탔다.

"조금만 더, 조금만 더!"

최종 기록은 일본 고다이라 선수에 0.39초 뒤진 기록. 금메달 실패였다. 그러나 그 어떤 금메달보다 빛나는 은메달이라는 것을 나는 누구보다 잘 알고 있었다. 라이벌이었던 고다이라 나오 선수는 이상화 선수를 뜨겁게 안아주었고, 이상화 선수는 끝내 눈물을 흘렸다. 그 눈물은 패배의 아쉬움을 달래는 눈물이 아니었다. 자기 인생 마지막 레이싱에서 최선을 다한 선수로서 느끼는 환희, 상상하기 힘든 고통과 싸워야 했던 지난 시간들에 대한 회고였으리라. 그 순간 주마등처럼 얼마나 많은 일들이 머릿속을 스쳐 지나갔을까.

평창 올림픽을 끝으로 그녀는 선수 생활을 마쳤다. 그리고 다시 MRI를 찍었다. 이상화 선수의 무릎 MRI는 스포츠의학을 전공한 나에게는 큰 공부이며 기적이다. 인간의 의지와 열정이 어떻게 고통을 이겨낼 수 있도록 만드는지 시각적으로 잘 보여주는 사진이다. 그녀가 자신의 문제를 극복하며 목표를 향해 최선을 다해 정진하는 모습은 비슷한 문제를 가진 다른 환자들에게 큰 희망을 줄 것이다. 스

포츠 선수에 관한 첫 이야기를 이상화 선수로 시작하는
이유다.

식빵언니의 눈물

_ 여자배구 김연경 선수

"왜 저렇게 서브를 넣는 거야? 그렇게 살살 치사하게.
연경이가 넘어지면서 무릎을 구부리게 하지 마라. 야야!
차라리 화끈하게 스파이크 써브를 넣어야지 이게 뭐야!"

배구 경기를 볼 때마다 혼잣말로 지껄이기 일쑤다. 배
구를 좋아하는 팬이라면 상대의 주공격수가 후위로 가 있
을 때 그 선수 앞에서 뚝 떨어지는 연타 드롭성 서브를 알
것이다. 목적타目的打라 하는 이 서브는 일견 약해 보이는
서비스 서브 같지만 상대팀 공격수가 후위에 갔을 때 지치
게 만들면서 리시브 라인을 흔들 때 쓰는 기술이다. 우리
나라처럼 공격력이 한 명의 특정 선수에게 집중되어 리시

브 구멍이 있는 팀에게는 피하기 어려운 공격이기도 하다. 배구 공격 중 가장 무서운 공격이 바로 백어택Back Attack, 즉 후위 공격이다. 강력한 스파이크라도 네트 앞에서 때리는 공격은 타이밍과 높이만 잘 맞추면 블로킹으로 상당히 막아낼 수 있다. 하지만 후위 공격은 타이밍, 높이, 방향 등을 정확히 가늠하기 어렵기 때문에 블로킹 수비가 까다롭다. 이런 후위 공격은 주공격수가 후위에 가 있을 때 이루어진다. 상대팀에서는 주공격수를 힘들게 리시브하게 만들어 지치게 하거나 긴 다리를 급격히 구부려야 하는 괴로움을 느끼게 만들어 교체하도록 만들고자 한다. 그러면 그 후위 공격을 피할 수 있으니 목적타가 그 선수에게 집중될 수밖에……

이런 수 싸움을 보는 게 배구 관전의 재미이기도 하지만 스포츠의학의 관점에서 후위 공격과 연타 목적타에 대한 수비는 매우 아슬아슬하고 불안하다. 이 자세를 할 때 집중적으로 무릎관절이 많이 구부러지고 반월상 연골 파열 등 부상 위험이 커지기 때문이다. 배구 팬이자 스포츠 닥터인 나는 응원하는 선수의 동작 때마다 늘 가슴을 졸이게 된다.

공격수 중 가장 수비를 잘하는 선수이자 백어택이 가

장 무서운 선수가 바로 김연경 선수다. 사람들은 김연경 선수를 화려한 스파이크만으로 기억할지도 모른다. 하지만 그녀의 수비와 백어택이야말로 특급이다. 무릎이 걱정되면서도 반하지 않을 수 없게 만든다.

배구 선수 김연경을 처음 본 건 그녀 나이 열여덟 살 때다. 막 고등학교를 졸업한 신인 선수 한 명 때문에 여자 배구계가 들썩일 정도였다. 흥국생명의 핑크스파이더스의 레프트 공격수 김연경이 쟁쟁한 선배들을 제치고 하루아침에 배구계의 샛별로 떠오른 것이다. 그런데 이 무서운 새내기가 무릎이 아파서 제대로 뛸 수조차 없다며 내 진료실을 찾아왔다.

점프와 착지를 할 때마다 극심한 통증을 겪고 있었다. 약도 처방해 주고, 강력한 소견서도 써주어 휴식을 취할 수 있게 도와주었다. 특히 중대 부상으로 이어지지 않도록 재활치료를 최소 6주간 하기를 권장하는 처방을 내렸다.

그런데 며칠 후 TV에서 우연히 한 여자 선수를 보았다. 배구 경기 중 코트 위에서 고래고래 소리를 지르며 뛰고 있기에 자세히 보니 낯익은 김연경 선수였다. 그녀는 선수들의 사기를 북돋우기 위해 소리를 질러대는 사기꾼(?)이 되어 있었다. 분명 휴식 중이어야 할 선수가 힘든 티, 아픈 티 한번 내지 않고 멀쩡하게 경기를 뛰고 있는 것이었다. 아니 그냥 뛰는 정도가 아니라 대한민국 여자배구의 역사를 새로 쓰다시피 하며 흥행 돌풍을 일으키고 있었다. 김연경 선수 때문에 당시 비인기 종목이었던 여자배구가 인기 스포츠로 떠오를 정도였다.

그러나 안타깝게도 그녀는 매 시즌마다 최소 두세 번은 병원을 찾았다. 사람들이 김연경 선수의 종횡무진 대활약에 환호할수록 나는 더 강력히 휴식을 권할 수밖에 없었다. 물론 그녀가 고분고분 내 말을 들을 리는 없었지만.

그로부터 이태 후인 2008년 베이징 올림픽이 있던 해였다. 김연경 선수는 부상 중이었음에도 주공격수로 끝까지 시즌을 소화했다. 그리고 시즌이 끝나자마자 국가대표 소집이 있었다.

'너무 강행군인데……. 훈련과 경기를 다 소화할 수 있을까?'

주치의로서 몹시 걱정이 되었다. 아니나 다를까 얼마 후 다시 그녀가 진료실로 찾아왔다. MRI를 보니 우측 무릎관절 안 내측 반월상 연골이 파열되어 무릎 안에 조그만 덩어리가 걸려 있었다. 큰 키에 수비 동작 때마다 무릎을 급격히 구부리는 자세를 취했으니 견디기 힘들었을 것이다. 수술은 불가피했다.

구단에서는 국가대표로서의 일정을 포기하고 당장 수술받기를 원했으나, 김연경 선수는 완강했다. 팀에 피해를 줄 수 없다는 마음도 컸고, 올림픽 본선 진출이라는 목표 달성에 대한 책임감도 컸다.

"너 말고도 훌륭한 공격수 많아. 너는 부상이 심하니 치료를 최우선으로 생각해."

선수를 보호하려는 마음에 아무리 말려봐도 소용없었다.

"뛰어야죠. 전 선수란 말이에요. 선수는 경기를 뛰어야 해요. 아픈 건, 언제나 아팠단 말이에요."

김연경 선수의 답은 단순하고 단호했다.

난 아직도 그 선명한 말을 기억하고 있다. 그녀는 어렸지만, 누구보다 프로다웠고 단단히 훈련이 되어 있었다.

"문제없어. 하는 거야. No problem, Just do it!"

그녀는 혼잣말로 '식빵식빵'을 나직이 내뱉으며 닭똥 같은 눈물을 조용히 흘렸다. 그리고는 수술 동의서에 서

명했다.

　비록 그해 우리나라 여자배구는 본선 진출에 실패했지만 김연경 선수는 누구보다 당당했다.

　나는 그녀가 남의 탓 하는 걸 본 적이 없다. 언제나 자신에게 닥친 시련과 좌절을 기꺼이 감당해 내려고 애썼다.

　코로나 탓에 한 해 늦게 치뤄진 2020년 도쿄 올림픽에서도 마찬가지였다. 당시 한국 여자배구 대표팀은 최약체라는 평가를 받았고 예선 통과도 어려울 것이라는 예측이 지배적이었다. 이미 주공격수인 김연경 선수가 팀의 최연장자가 되어 체력적인 한계도 걱정이었으며, 그녀와 함께 원투 펀치를 맡아야 할 공격수들이 이런저런 이유로 전력에서 이탈하는 일까지 벌어졌다. 최상의 선수진을 다 동원해도 대한민국은 세계 랭킹 14위. 김연경 선수의 어깨 위에 놓인 짐이 그 어느 때보다 무거워 보였다. 그러나 김연경 선수는 굴하지 않았다. 옛날처럼 고래고래 소리를 지르며 코트를 누볐다.

　"한번 해보자! 해보자! 후회하지 말고."

　"괜찮아, 잘했어!"

　팀의 주장이며 에이스였던 그녀의 리더십은 눈부셨다.

최약체 대한민국 여자배구팀은 결국 8강에서 터키를 꺾고 4강에 진출하는 기염을 토했다. 믿기지 않는 결과였다. 어쩌면 김연경 선수의 불 같은 승부욕과 넘치는 카리스마가 있었기에 가능한 일이었을지도 모르겠다. 비록 우리나라가 메달을 따지는 못했지만 한 편의 드라마였고, 기적이었다. 도쿄 올림픽 4강전을 끝으로 그녀는 국가대표를 은퇴했다. 브라질과의 4강전이 그녀가 국가대표로서 뛴 마지막 경기가 되었다. 비록 아쉽게 메달은 따지 못했어도 배구 선수 김연경은 누가 뭐래도 최고였다.

그로부터 사 년 후. 2024년 6월 8일, 김연경 선수는 국가대표 은퇴식을 가졌다. 화려했지만, 눈물 많고 고생 많았던 배구 국가대표 자리를 내려놓게 되었다. (국가대표는 은퇴했으나, 프로는 2025년 4월까지 시즌을 뛰고 은퇴한다.)

자신의 성격을 '절대로 눈물을 보이지 않는 극 T 성격의 소유자'라 소개하였지만, 은퇴 소감을 하려고 마이크를 잡은 그녀의 떨리는 목소리, 눈물 나올까 봐 말을 못하겠다고 말하는 그 한마디에 복잡한 심경이 담겨 있음을 알고 있다.

그 장면을 보면서 무엇보다 이십 년이 넘는 시간 동안 잘 버텨준 그녀의 무르팍에 감사했다. 스포츠의학을 하는 의사로서 보람을 느끼게 해준 시간들이었다. 환자가 의사에게 고맙다는 인사를 하기 전에 먼저, 환자에게 '살아줘서 고맙다'는 인사를 전한다는 어느 의사처럼 나는 '뛰어줘서 고맙다'는 말을 김연경 선수에게 하고 싶다. 김연경 선수의 무르팍에 특히 감사를 전하고 싶다.

앞으로 KYK 재단 이사장으로 유소년 선수를 지원하는 든든한 후원자 '식빵언니'로 출발하는 새로운 인생에 응원과 박수를 보낸다.

특별한 세리머니

_프로 축구 제주FC 심영성 선수

그날 나는 마침 제주도에 있었다. 대한 선수트레이너 협회(KATA)가 주최한 제주도 전지 훈련에서 아마추어 선수들을 대상으로 무료 진료와 운동기능 검사를 해주고 서울로 돌아가려던 중이었다. 2010년 1월 10일. 날짜까지 정확히 기억난다. 심영성 선수는 서귀포에서 운전 중에 가로수를 들이받는 사고로 오른쪽 무릎을 덮고 있는 슬개골(무릎뼈)이 완전히 으스러졌다.

그는 마침 제주에 있던 나와 어떻게 어떻게 해서 겨우 연락이 닿았다. 급히 수술을 해야 하는 상황이었다. 사고 연락을 받자마자 심 선수와 함께 비행기에 올랐다. 서울백병원에 도착한 후 바로 응급으로 수술실에 들어갔다. 그러나 상황은 최악이었다.

수술 전에 이미 무릎이 수십 조각으로 쪼개지고 흙먼지가 들어가 있었다. 수술 이후의 상황을 장담할 수 없는 지경이었다.

열일곱 살에 프로로 데뷔하여 불과 스물두 살에 K리그 통산 97경기 출전 기록을 남길 정도로 미래가 밝았던 선수. 차세대 스트라이커로 주목을 받았던 심영성 선수가 사고 순간 느꼈을 절망감이 얼마나 컸을까 생각하면 마음이 너무 아팠다. 수술실로 들어가는 순간에도 그는 오로지 축구에 대한 걱정뿐이었다.

"상태가 안 좋아서 다시 복귀할 수 없을지도 모른다."

잔인한 내 말에도 겉으로는 담담히 수긍하며 긍정적인 모습을 보였지만 그의 눈빛에서 눈물처럼 그렁그렁 매달린 절망감을 고스란히 읽어낼 수 있었다. 그럴수록 나는 더 수술을 잘해야 한다는 마음이 커졌다. 심영성 선수는 슬개골 개방성 골절로 총 네 번의 수술과 꼬박 십팔 개월 동안의 재활운동을 병행했다.

우리는 기사에서 '000 선수 힘겨운 재활훈련' 이런 식의 헤드라인을 가끔 접한다. 한 줄도 안 되는 이 짧은 문구에 얼마나 많은 땀과 눈물이 담겨 있는지 나는 안다. 그래서 '힘겨운'이라는 평범한 단어 하나조차 예사롭게 건성으로 지나쳐지지가 않는다.

재활 과정은 그야말로 자기와의 싸움이다. 선수로서 훈련할 때보다 아마 몇십 배, 몇백 배는 더 힘들 것이다. 고통스런 재활치료를 해내고도 결국 복귀에 실패한 채 선수 생명이 끝나는 경우도 많다.

하지만 우려와는 달리 심영성 선수는 수술 결과도 좋고, 수술 후 스포츠메디컬센터에서 열심히 재활운동을 한 결과 상태가 많이 호전되었다. 특히 초기 재활이 무척 중요한데, 심영성 선수는 의료진과 스포츠메디컬센터가 이끄는 대로 잘 따라주어 회복 속도가 빨랐다. 처음엔 다리를 스스로 움직이는 것조차 힘들었으나 나중에는 운동선수로서의 복귀를 생각해 볼 정도로 좋아졌다.

"원장님, 제가 복귀하면 첫 경기는 꼭 보러 오세요."

"좋지! 다음에는 병원 말고 축구장에서 만나자고!"

"복귀 후 골 넣으면 '서울백병원 스포츠메디컬센터 감사합니다'라고 적힌 티셔츠 입고 세리머니 할게요!"

얼마나 힘들게 재활했는지 누구보다 잘 알기에 말 만으로도 뿌듯하고 자랑스러웠다. 재활 과정에서 가장 중요한 것은 잘 회복될 거라는 믿음이다. 의료진과 환자 본인의 확고한 믿음이 절망을 희망으로 바꿀 수 있다. 나와 심영성 선수와의 인연은 가장 불행한 사고를 통해 맺어졌고, 눈물의 재활 과정을 지켜본 사이다. 지금은 선수에서 은퇴하고 지도자의 길을 걷고 있으나 심영성 선수가 보여준 재활은 여전히 누군가에게 희망이다. 부상을 이겨내야 하는 어린 선수들에게는 특히나 큰 용기를 줄 것이다.

비록 축구 경기장에서 그의 세리머니는 볼 수 없었지만, 무지개보다 찬란한 약속을 그는 이미 지킨 셈이다.

이루지 못한 절반의 성공

_ 스키 슬로프스타일 이미현 선수

어디서든 진료실에서 만난 환자의 개인 사정을 좀처럼 이야기하지 않는다. 그러나 이미현 선수 이야기는 SNS에 포스팅하여 화제가 된 적이 있다. 이미현 선수가 원하기도 했고, 많은 분들의 관심이 필요했기에 내가 총대를 매는 기분으로 알렸다.

이미현 선수는 여자 스키 프리스타일 한국 최고 기록 보유자(세계 7위)다. 대한민국 국가대표인데 한국말을 잘 못하고, 이미현이라는 한국 이름보다 재클린 글로리아 클링이라는 이름에 더 익숙한 귀화 한국인이다.

'얼굴은 완전 토종 진주 아가씨인데 웬 귀화?'

처음 그녀를 봤을 때는 조금 의아했다. 하지만 곧 그녀의 사연을 듣고서야 고개를 끄덕거렸다.

1994년 한 살 때 미국에 입양되었고, 불행히도 미국 양부모님들이 그녀 나이 여덟 살 때 이혼하면서 불우한 유년기를 보냈다.

스키는 그녀가 힘든 시기를 보낼 때도 몸과 마음을 붙잡아 주었다. 세 살 때 양아버지에게 처음 스키를 배운 뒤부터 스키는 그녀의 '모든 것'이었다. 하루 열여섯 시간 알바로 돈을 벌면서도 열렬히 스키에 빠져 들었다. 대한 스키협회에서는 올림픽을 준비하면서 강사급으로 그녀를 영입했다. 그런데 워낙 기량이 출중하여 선수로 뛰어보면 어떻겠냐고 권유했다.

'국가대표 선수로 매스컴에 나오면 한국 부모님을 찾을 수 있지 않을까?'

이미현 선수는 그 한 가닥 희망으로 프리스타일 스키 선수가 되었다. 한국 국적을 회복했고, 입양 전 자신의 이름이 '이미현'이었다는 것도 알게 되었다. 미국 이름 '재클린 글로리아 클링'이 아닌 진주 출신 '이미현'. 그녀는 올림픽에서 메달을 따면 부모님을 찾을 수 있을 거라는 희망

으로 연습에 매진했다. 하지만 안타깝게도 평창 올림픽 직
전 그만 사고로 수술대에 올라야 했다. 부상은 깊었다. 선
수를 보호해야 하는 의사의 입장에서는 당연히 올림픽 출
전을 막아야 하지만 선수의 간절한 마음을 알기에 그럴
수가 없었다. 나는 어떻게든 이미현 선수가 자신의 꿈을
포기하지 않도록 도와주고 싶었다.

수술을 끝낸 후 아프냐고 물었더니 짧게 대답했다.

"전혀! Never! "

자신 있냐고 다시 물었더니 주먹을 불끈 쥐며 간결한
영어로 답했다.

"의심 없이! No Doubt!"

그녀는 눈물을 지워내고 구슬땀을 흘리며 설원 위를
다시 날았다. 그리고 평창 올림픽 슬로프스타일 스키 종
목에서 한국 역사상 최고 점수를 기록했다. 모든 사람들
이 그녀에게 박수를 보냈지만 아쉽게도 그녀에게는 절반
의 성공이었다. 아직 부모님을 만나지 못했기 때문에.

내가 SNS에 그녀의 사연을 알리고, 한 방송사에서 그
녀의 엄마 찾기에 나선 결과, 어머니를 찾을 수 있었다. 그
러나 그분은 끝내 이미현 선수를 만나지 못했다. 어려서

아이를 책임지지 못한 미안함 때문에 차마 딸을 만날 수 없다고 전했다. 그 안타까운 사연은 방송을 통해 알려졌으나 그녀는 실망하지 않았다.

이미현 선수도, 나도 알고 있다. 모든 것에는 때가 있다는 걸. 만남도 이별도 사람 마음대로 다 할 수는 없지만 그래도 언젠가는 때가 오리라 믿으며 살아야 한다.

P.S) 최근 그녀와 다시 연락이 되었다. 미국인 남편과 함께 미국에서 살고 있는 그녀는 결국 엄마를 만났다고 한다. 현재는 자주 왕래하며 가까워져, 이제 자신의 인생을 응원하는 가장 든든한 친구가 되었다고 한다. 목표를 향해 도전하는 스포츠에는 때로 우리가 생각지 못한 큰 인생의 무게가 실려 있다.

저 이제 뛸 수 있어요

_ 국립무용단 무용수

한 통의 편지를 받았다.

"저 이제 뛸 수 있어요."

간단한 메시지와 함께 국립극장 해오름극장에서 열리는 무용극 〈고구려〉의 공연 초대장이 들어 있었다.

저 이제 뛸 수 있어요, 이 한마디만 들어도 무르팍 의사인 나는 가슴이 뛴다. 누굴까, 티켓을 들고 가만히 생각하니 한 명의 무용수 얼굴이 떠오른다.

'아아~ 고구려!'

순간 가슴이 먹먹했다. 〈고구려〉라는 작품에 출연한 무용수가 나의 환자였기 때문이다.

국립 현대 무용단의 무용수였던 그녀의 무릎은 운동

선수 버금갈 정도였다. 십자인대 파열을 입은 그녀는 모든 대학병원에서 이중다발 전방십자인대 재건술을 받았다. 당시로서는 최신 수술이라 하였고, 두 개의 다발로 인대를 재건하니 정말 튼튼하고 안전하게 운동에 복귀하리라 기대하며 한편에서는 이중의 행복Double Happiness이라 부르는 수술이었다. 하지만 한편에서는 무릎관절 위, 아래 뼈에 두 개의 터널을 뚫어야 하니 잘못하면 문제가 두 배가 되는 이중의 문제Double Trouble라 비판하는 수술이기도 하였다. 이런 큰 수술을 받고 다시 인대가 끊어지는 경우 그 해결책은 그야말로 이중의 문제였다. 이 환자의 치료를 피하고 싶었지만, 언제나 그렇듯 난 이런 환자 치료의 가장 가파른 벼랑·끝에 서 있다. 피할 수 없는.

환자의 CT와 영상을 들고 전 세계 전문가들에게 자문을 구하였다. 하지만 돌아온 답은 한결같이 '무용 복귀 불가'였다. 나는 이 판정을 받아들이기 어려웠다. 고민하고 기도하다가 결국 정면돌파해 보기로 결심했다. 한 번의 수술로 손상된 두 개의 구멍을 뼈 이식으로 메우고 전방십자인대 재재건술을 할 새로운 터널을 확보했다. 수술하면서 반월상 연골 봉합도 함께 치료했다. 그리고 구개월이 지난 어느 날 그녀에게 초대장이 날아온 것이다. 저 이제 뛸 수 있어요, 라는 메시지와 함께.

　나는 두말 않고 국립극장을 찾아가 그녀의 춤극을 지켜보았다. 장쾌한 무용극을 보면서 눈물을 흘리는 사람은 나뿐이었다. 나에게 예술은 그녀의 춤이 아니라 무릎이었다. 내가 수술을 잘해서 그녀가 다시 춤을 출 수 있게 되었다고 감히 생각지 않는다. 부상당한 선수가 운동에 복귀하면 그것은 환자가 뼈를 깎는 재활에 성공했기 때문이고, 만약 복귀를 못했다면 그건 의사가 수술을 잘못했기 때문이다. 어떤 경우에도 집도의는 선수들보다 앞서지 않는다. 그저 뒤에서 조용히 그들을 도울 뿐이다.

　결과를 확신할 수 없었던 힘든 수술을 이겨낸 것은 오로지 환자 본인의 힘이다. 무대 위로 반드시 돌아가겠다는 무용수의 의지가 자신의 무릎을 살렸을 것이다.

　공연을 마치고 나오는 그녀와 반갑게 마주했다. 아니 그런데 그녀도 눈물을 글썽이고 있는 게 아닌가. 마치 힘든 전투를 함께 치뤄낸 전우와 뜨거운 재회를 한 것처럼 벅찬 감동이 밀려들었다. 아마도 이런 감동의 순간이 나를 오랜 시간 동안 스포츠의학 분야에 머무르게 하는 것 같다.

아이스링크 위의 미소천사

_ 쇼트트랙 김아랑 선수

어떤 젊은 여자를 생각하며 잠을 설쳤다. 무슨 소리인
가 자칫 큰 오해(?)를 살 수도 있겠으나 사실이다. 날이
밝자마자 나는 그녀를 만나러 가야 한다는 생각에 서둘러
집을 나섰다.

'처음 해보는 수술……. 잘 해낼 수 있을까?'

무릎 수술을 삼십 년 넘게 해왔건만, 그날 아침 첫 수
술은 유난히 긴장되고 부담되었다.

밤새 나를 뒤척이게 했던 수술 환자는 바로 국가대표
스케이트 선수 김아랑. 가슴에 태극마크를 달고 뛸 때 김
아랑 선수는 항상 밝게 웃었고, 거의 모든 경기에서 온 국

민들에게 환희의 메달을 안겨주곤 했다.

그러나 진료실에서 만난 그녀는 달랐다. 웃음 대신 한
숨이 깊었다. 경기는커녕 스케이트를 신고 제대로 서 있지
도 못할 만큼 심한 통증을 겪고 있었다.

태극마크의 위력인지 부작용인지 놀랍게도 선수들은
가슴에 태극마크를 달면 통증을 잊어버렸다. 태극마크 자
체에 강력한 마취제가 들어있나 싶을 정도였다. 그렇지
않고서야 어떻게 무릎이 이 지경이 되도록 경기를 뛴단
말인가.

쇼트트랙 특성상 허리를 잔뜩 구부린 자세로 힘을 준
탓에 허벅지 앞 큰 근육(대퇴사두근) 힘줄이 앞 뚜껑뼈에
서 다 떨어져 나가 있었다. 이 정도의 중대 부상은 삼십 년
가까이 스포츠의학 전문가로 살아온 나도 처음 보았다.
힘줄이 붙어 있어야 할 부위에서 80%나 떨어져 나갔고 이
미 칠십 대의 노화 변성까지 진행되었다. 꿰매도 붙지 않
을 정도로 심했다. 결국 할 수 없이 병든 힘줄, 퇴행으로
혈액 순환이 좋지 않은 부위를 다 제거하고 뼈에 건강한
힘줄을 다시 단단하게 붙이는 수술을 진행했다. 조금의
실수도 용납될 수 없기 때문에 고도로 집중해야 했고 모
든 수술팀이 한 몸처럼 일사불란하게 움직여야 했다.

수술실에는 팽팽한 긴장감이 흘렀다. 장엄한 라흐마니노프 피아노 협주곡 2번의 익숙한 부드러움만이 조금 위안을 주었다. 어느 책에도 나오지 않는 낯선 수술.

제거된 힘줄만큼 전체 근육의 길이가 짧아진 탓에 언제 무릎을 구부릴 수 있을지 기준도 없었다. 쇼트트랙 선수들의 생명과도 같은 대퇴사두근.

'피가 통하지 않는 힘줄과 딱딱한 피질골에 어떤 방법으로 생명을 돌게 할 수 있을까?'

그녀를 만난 후 며칠 동안 내 머릿속에서는 그 생각이 떠나지 않았다.

수술 전날 머릿속으로 수십 번 넘게 시뮬레이션 해보았기 때문일까? 정작 수술실에서는 처음 해보는 수술인데도 마치 익숙한 수술처럼 막힘이 없었다. 피아노 협주곡은 어느덧 2악장 아다지오에 다다랐다. 가장 편안하고 아름답고 눈물 나는 그 순간 우리 수술팀은 동시에 '휴~~' 안도의 한숨을 내쉬었다. 무사히 잘 끝난 것이다.

혈액 순환이 거의 없는 부위라서 다시 치유가 일어나기 위해서는 장기간 재활도 꼭 필요했다. 냉정한 스포츠의학 전문가라면 'Career End'를 선언하고 치료에 임하도록 강권했을 것이다. 그런데 난 그렇게 하지 못하였다.

'그녀의 팬이기 때문일까? 또 하나의 희망고문이 되면 어쩌지?'

고민이 깊었다. 그러나 중요한 건 어쨌든 최선을 다했다는 것. 결과는 장담할 수 없지만 지켜봐야 한다는 것. 재활은 최소 육 개월의 시간이 걸리는 힘든 과정. 재활을 하더라도 교과서적으로는 다시 선수 생활을 기대할 수 있을지 장담하기 어려운 상황. 그러나 간절한 기도가 모이면 아주 조금이라도 상식이 바뀔 수 있지 않을까? 그녀에게 기적이 일어나기를 나는 바라고 또 바랐다.

사물함 앞에서 스케이트를 신으며 '오늘은 좀 안 아팠으면 좋겠다'고 날마다 기도했다는 김아랑 선수는 결국 국가대표 선수촌에서 퇴소했다. 잠시 국가대표를 내려놓는다는 그녀의 영상을 보자 마음이 짠했다. 의사는 신이 아니라서 모두의 소망을 이루어 줄 수는 없다. 그러나 의사에게는 뜨거운 심장과 박수 칠 두 손이 있다. 다행이다. 아이스링크 위에서 가장 빛났던 미소천사 김아랑 선수에게 진심으로 응원을 보내며, 이제와 한마디 고백한다. 그녀의 무릎 힘줄 때문에 나만큼 고민한 사람은 아마 없을 거라고.

스트라이커가 되고 싶었던
최고의 사이드 윙어
_ 축구 국가대표 설기현 선수

    그는 극적인 골과 화려한 세리모니를 가지고 있는 스타였다. 2002년 월드컵 경기 중 이탈리아와 치른 후반 경기에서 그가 터트린 결정 골의 감동은 대부분의 국민들이 기억할 것이다. 잘 알려지지는 않았지만, 그는 히딩크 사단의 대한민국 국가대표 중 거의 최초로 유럽 진출의 꿈을 이룬 선수이기도 하다. 당시로는 아시아 선수가 유럽 리그로 간다는 건 어렵고 드문 일이었다.

    설기현 선수는 안더레흐트 시절 한국인 최초로 챔피언스 리그 예선에서 골을 넣었다. 유럽 선수들에 비해도 뒤지지 않는 스피드에, 몸싸움에서도 전혀 밀리지 않는 피지칠을 보유하고 있었다. 골문으로 쇄도하는 공격수들에게 차주는 정교한 크로스 역시 일품이었다. 모든 선수들이 꿈꾸던 유럽의 여러 클럽에서 설기현 선수를 눈독 드리던 이유가 충분히 있었던 것이다. 히딩크 감독 역시 2001년 부임 이후 공격수 부족으로 시달릴 때마다 "설기현만 오면 다 해결된다."라는 답변을 할 정도로 그에 대한 깊은 신임을 보여 주었다.

그러나 그는 화려한 유럽 스타일의 경기력에 비해 조금 낮은 수준의 팀에 머무르고 있었다. 일각에서는 그가 원하는 위치는 스트라이커인데 감독이나 팀이 원하는 포지션은 윙어라서 갈등이 있다는 이야기도 흘러나왔다.

모든 공격수가 꿈꾸는 꿈의 포지션 스트라이커는 중앙 최종 공격수로 오른발, 왼발을 자유자재로 구사해야 한다. 어디서 날아오는 공이든 잘 키핑하고 한두 명 정도 세계 최고의 수비수를 제치는 능력도 구비해야 한다. 또 어느 각도에서든 주저함 없이 골대를 향해 슛을 날릴 수 있는 능력이 있어야 하는 위치다. 선수가 이 포지션을 원한다면 약간 팀 수준이 자신의 능력치보다 낮아보여도 도전해 볼 만

한 상황이라 생각했다. 난 당시 스포츠의학 전공자 이전에 그의 팬으로서 화려한 변신을 응원하고 있었다.

그런데 언제부터인가 매년 한두 번 귀국할 때마다 무릎 통증으로 시달리는 그의 무릎관절을 돌보는 역할을 맡게 되었다. 왼쪽 무릎의 바깥쪽 무릎 통증이었다. 처음에는 나이가 들면서 생기는 퇴행성 변화라 여겼다.

완전 파열과는 다르게 무릎뼈 사이의 쿠션 역할을 하는 외측 반월상 연골 앞쪽의 음영이 증가되는 정도로 찢어지거나 기능이 없어지는 상태와는 달라 보였다.

게다가 대부분의 반월상 연골 파열은 무릎 뒤쪽 부위에 생기지 앞쪽에 생기는 것은 이례적이었고, 교과서에서도 거의 언급된 바 없었기에 앞쪽 반월상 연골 파열 진단은 오진이자 이를 근거로 한 수술은 과잉 수술이라고 굳게 믿고 있었다.

선수에게는 '심각한 파열은 아닌 것 같고, 많이 써서 생기는 퇴행성 변화'라고 말해 주었다. 스트레칭, 마사지 등의 일반 치료와 심한 통증을 이겨내기 위한 진통소염제(도핑 검사에 안전한)를 처방하는 정도로 진료를 보았다.

그러나 문제는 해결되지 않았다. 여러 해가 지나도록 통증은 나아질 기미가 보이지 않았고, 소속팀이 바뀌어 플레이 스타일을 바꾸어도 개선되지 않았다.

그는 현명했고, 아주 분석적이었다.

어떤 동작에서 자신이 통증을 느끼고 있는지 세세히 설명해 주었다. 이것이 축구 기술과 연관 있다는 것을 본인이 느꼈다. 그가 통증을 느끼는 동작은 그의 꿈인 스트라이커로서의 변신과 관련이 있었다.

볼을 드리블하는 기술 중 아웃사이드 볼 컨트롤. 공을 수비수 앞에서 밖으로 90도 방향을 바꾸어 돌아가는 기술로 최고의 스트라이커라면 양발 모두 인사이드, 아웃사이드 볼 컨트롤에 능해야 한다. 갑작스럽게 방향을 전환할 수 있는 능력이 있어야 최고급 수비수들이 그 동작을 예측하고 있어도 제칠 수 있다.

그다음은 공을 밖으로 감아차는 회전볼 기술인 아웃프런트 킥. 축구 시합 중 골문 근처에서 일어나는 프리킥 세트플레이 상황에서 수비수 머리를 넘어 휘어져 골대의 모서리를 관통하는 그림 같은 슛 기술 중 하나가 이 기술이다.

이러한 기술을 연마하기 위해 공격수 중 특히 스트라이커는 하루에도 몇백 개의 슈팅 훈련을 해야 한다. 그는 바로 이런 기술을 연습할 때 통증을 느꼈던 것이다.

"선생님, 제 반월상 연골은 단순한 퇴행이나 변성이 아닌 것 같아요. 파열되어 기능이 없어진 느낌이 듭니다."

반월상 연골 수술에 보수적인 내 진단에 반기를 든 것은 환자 본인이었다. 더 이상 내 보수적인 진단으로 비수술 치료를 하는 것만으로는 자신의 문제를 해결할 수 없을 것이라는 의미였다. 어느 축구 선수가 스스로 원해서 수술을 자청하겠는가? 그러나 그는 단호했다.

결국 그는 스트라이커로서의 변신을 단념하고 여러 개의 유럽 팀과 사우디 리그를 거쳐 국내 팀으로 복귀하는 동안 윙포워드로 자리를 잡았다. 스트라이커 포지션은 아니더라도 공격 프리킥을 전담하는 선수가 된 것이다. 특유의 감아차는 슈팅 연습을 많이 하면서 그는 다시 한번 자신의 반월상 연골 파열은 이 슈팅 연습과 관련이 있다는 것을 확신하게 된 것 같다.

그 과정에서 늘 새로운 증상이 느껴질 때마다 내게 그러한 사실들을 상세하게 전달해 주었다. 똑똑한 분석가 설기현 선수 덕분에 나 역시 외측 반월상 연골 앞쪽 부분의 파열은 축구 동작과 관련이 있다는 것을 알게 되었다.

설기현 선수의 확신에 찬 수술 청원으로 떠밀리다시피 관절경 수술을 시행했다. 과연 예상대로 그의 무릎 상태는 그가 이야기한 것과 거의 비슷한 정도의 파열이 발견되었다. 이미 많이 짓이겨져서 파열된 반월상 연골을 복원시킬 방법은 없었고, 아전절제[7]에 가까운 수술을 통해 겨우 그의 증상은 줄어들게 되었다. 수술 후 그의 플레이 스타일은 확실하게 변하였다.

더 이상 감아차는 아웃프런트 킥에 나서지 않고, 중앙 최종 공격수로 볼을 드리블하면서 수비수를 제치는 동작보다는 사이드에서 빠르게 돌파하면서 정교하게 중앙으로 올려주는 스타일을 잘 감당하며 최고의 선수로 복귀할

---

7) 절제하는 범위와 양에 따라 전부 절제하는 것을 전절제라 하고, 기능 유지에 중요한 부위를 절제하는 것을 아전절제라 한다. 또 일부분 절제의 경우 부분절제라 부른다.

수 있게 되었다.

그 후 나는 축구 선수의 외측 반월상 연골의 음영 변화, 선수들의 통증을 그냥 쉽게 지나치지 않게 되었다. 여건이 되는대로 설기현 선수에게도 문의하고 축구 지도자들과도 상의하면서 선수가 통증을 극복할 수 있는 다양한 현장 적용에도 관심을 보이게 되었다.

치료를 하고 무심코 지나갔던 지난 환자들의 경험도 모아서 과연 축구 동작과 외측 반월상 연골 전방부 파열이 연관이 있는가도 살펴보았다. 결론은 통계적으로 의미 있는 관계가 있다는 것. 설기현 선수를 수술한 이듬해 우리 데이터를 모아 분석해 보았더니 일반 환자는 4.1%에서 드문 손상이, 축구 선수에게는 10.3% 정도 높은 빈도로 손상이 앞쪽에 발생하여 통계적으로도 유의미한 차이를 보였다.

그때까지 발표된 전 세계의 모든 논문 중 이러한 차이를 보고한 논문은 두 개 정도. 우리의 분석 결과는 유수한 학술지에 기고되었고, 향후 축구 선수들의 부상 방지와 손상 후 운동 복귀의 소중한 근거가 되었다.

설기현 선수의 분석력과 본인의 경험을 기반한 조언은 스포츠의학 발전에 큰 기여를 하였다. 팬으로서도 그를 응원하고 고마운 마음이 있지만, 의사로서도 그에게 큰 감사를 드린다.

PART 5

낭만 닥터

12월 8일과 존 레논

1980년 12월 8일은 특별한 날이다. 내 우상이 세상을 떠난 날. 홍콩 배우 장국영 팬들은 4월 1일을 만우절이 아니라 장국영의 기일로 기억하고, 가수 김광석 팬들은 그의 기일인 1월 6일에 제사를 지낸다는 우스갯소리(진짜 일수도 있음!)까지 하던데 나에게는 12월 8일이 그렇다. 매년 나 홀로 추모제라도 열고 싶은 날이다.

어린 시절 나에게 세상은 딱 둘로 나뉘었다. 비틀즈를 아는 사람과 모르는 사람. 비틀즈를 안다면 다시 존 레논을 좋아하는 사람과 폴 매카트니를 좋아하는 사람. '예스터데이Yesterday'를 좋아하는 많은 사람들 사이에서 '컴 투게더Come together'에 맞추어 머리를 흔들며 노래를 따라 부르는 사람을 특별하게 구분지었다. 아군이므로.

비틀즈와 존 레논이 세상을 나누는 기준으로 여겨졌다. 영국의 4인조 록 밴드 하나가 청춘의 삶을 바꾸고 세상을 뒤흔들었다.

그 시절에는 대학입시에 본고사가 있었다. 청계천 헌책방을 돌며《경향과 대책》이라는 일본어 수학 문제집을 구해 본고사를 대비하던 때였다. 어떤 이는 헌책방에서 구소련의 수학 문제집을 구해 S라는 약어를 쓰는 모 대학 입시에 성공했다는 풍문이 돌기도 했다. 하지만 나는 달랐다. 소련이든 미국이든 수학 문제집 따위가 중요한 게 아니었다.

청계천을 이잡듯 뒤지다가 겨우겨우 어느 허름한 헌책방에서 보물을 찾았다. 세상의 반쪽, 내 우주와도 같았던 존 레논의 솔로 앨범 해적판(무단복제판)을 찾게 된 것이다. 나는 그 앨범 재킷을 보자마자 단박에 발길을 멈췄다. 그토록 듣고 싶었으나 듣지 못했던 그 노래. 수년 동안 방송 금지곡이었던 그 노래, 그 앨범! '이매진Imagine'이었다.

비틀즈의 존 레논파였던 나와 내 친구는 이 노래를 우리 진영의 노래로 정한 뒤 듣고 또 들었다. 이 노래에서 존 레논이 'people'을 피플이라 발음하지 않고 '삐쁘~~ㄹ'이라고 하는 게 무슨 의미인지도 몰랐다. 솔직히 글자 그대로 해석은 했지만 깊이 있게 이해하지는 못했다. 난 그의 팬을 자처했지만 실제 그가 생각하고 꿈꾸는 세상을 전혀 알지 못하던 어리석고 부끄러운 팬이었다.

어느 날, 나보다 훨씬 더 어리석고 부끄러운 또 한 명의 팬이 저지른 비보를 들었다. 존 레논의 광팬이 집으로 돌아가던 존 레논의 등에 무참히 총을 쏘았던 것이다. 밤 열시 오십분. 뉴욕에서 벌어진 일이었다. 평화를 노래하던 존 레논은 결국 팬이 쏜 총에 맞아 사망했다.

긴 세월이 무던히도 흘러 지금 여기에 이르렀다. 그 시절 나는 어리석은 팬이었으나, 음악을 사랑했던 순수한 마음만큼은 진심이었다. 그리고 여전히 그의 음악과 죽음을 잊지 않고 있다. 12월 8일, 평화를 외치던 나의 영웅은 비극적인 죽음을 맞고 떠났으나 그의 음악은 영원히 남았다. 12월 8일 하루만큼은 다시 소년으로 돌아가 아린 마음을 어루만지며 '이매진'을 듣는다. 천국이 없다고 생각해 봐요. 발 밑에 지옥이 없다고 생각해 봐요. 나라가 없다고 생각해 봐요. 누굴 죽이는 것도 죽는 것도 없다고 생각해 봐요. 모든 사람이 평화롭게 산다고 생각해 봐요, 당신도.

북촌 방향

나의 옛집은 북촌이다. 인사동에서 이어지는 감고당길이 어린 시절 내 놀이터였다. 덕성여고에서 정독 도서관까지 골목길들을 누비고 다니며 놀았다. 홍상수 감독의 흑백영화 〈북촌 방향〉에서 영화감독으로 나온 배우 유준상이 김상중과 커피를 마신 곳이 바로 정독 도서관 앞이다. 영화 속 찌질한 인간 군상들의 '다정'하고 '소설' 같은 하루살이를 볼 때면 뼛속까지 쓸쓸한 기분에 빠져든다. 나의 북촌 옛 골목길을 찾아갈 때도 마찬가지다. 반짝거리고 왁자하던 것들이 하나둘 스러져간 뒤에 남는, 말할 수 없는 쓸쓸함 같은 것이 가슴을 파고든다.

아버지가 자주 들러 고기를 사오시곤 하셨던 충남 정

육점과 떡볶이 가게 먹쉬돈나, 재동 초등학교 앞 삼거리, 우리 어머니가 늘 다니시던 미용실, 친구들이랑 야구하다가 남의 집 담장으로 공을 넘겼던 골목길도 마치 손에 닿을 듯하다.

그러나 이제는 북촌을 가도 내 기억 속 풍경과는 많이 달라졌다. 아버지도 안 계시고, 어머니도 이 골목에 안 계신다. 성미 급한 나의 옛 친구들 몇몇도 이미 세상을 떠나고 없다. 정든 골목을 찾아가도 반겨줄 사람이 없는 고향. 반갑게 손을 잡고 옛날 이야기를 나누고 싶은데 아는 이웃들 얼굴을 만날 수가 없다. 나의 푸르던 한 시절은 북촌 골목길 곳곳에 묻혀 있으나 이제는 만질 수도 안을 수도 없이 어렴풋하다.

드라마 〈응답하라 1988〉의 쌍문동처럼 내가 살던 북촌 동네 이웃들도 1980년대부터 한 집, 두 집 이사를 떠났다. 정든 이웃이 이사갈 때마다 동네 아주머니들은 손을 잡고 눈물을 훔치며 기나긴 작별 인사를 나누곤 하셨다. 자주 연락하겠노라고, 아주 헤어지는 것도 아니고 같은 서울 하늘 아래 사는데 뭘 우냐고. 자기도 울면서 애써 괜찮다고 울지 말라고 서로를 토닥였다. 정 많던 사람들이었다. 하지만 사촌만큼 가깝게 오가던 이웃들은 한 해 두

해 지나면서 연락이 뜸해지고, 이제는 살았는지 죽었는지 조차 알 수 없다. 소식이 끊어진 지 오래.

「…다시 돌아갈 수 없는 건 내 청춘도, 이 골목도 마찬가지였다. 시간은 기어코 흐른다. 모든 것은 기어코 지나가버리고, 기어코 나이 들어간다. 청춘이 아름다운 이유는 아마도 그 때문일 것이다. 찰나의 순간을 눈부시게 반짝거리고는 다신 돌아올 수 없기 때문일 것이다. 눈물겹도록 푸르던 시절. 나에게도 그런 청춘이 있었다…」

_tvN 드라마 〈응답하라 1988〉 마지막 회 덕선의 나래이션 중에서

아무것도 가진 게 없었지만 모든 것을 줄 수 있었던 내 가난했던 청춘의 기억. 나와 당신들은 어쩌면 짧디짧은 청춘의 기억 하나로 이 기나긴 삶의 쓸쓸함을 견디며 사는지도 모르겠다.

십분의 여유

헨리 데이빗 소로우의 저서 《월든》에는 내가 좋아하는 명구들이 많지만 특히 세파에 휩쓸려 간혹 중심을 잃곤 할 때마다 곱씹는 문장들이 있다. 1854년에 출간된 책이라고는 믿기지 않을 만큼 21세기를 살아가는 나에게도 통렬한 울림을 준다.

「…왜 우리들은 이렇게 쫓기듯이 인생을 낭비해 가면서 살아야 하는가? 우리는 배가 고프기도 전에 굶어 죽을 각오를 하고 있다. 사람들은 제때의 한 바늘이 나중에 아홉 바늘의 수고를 막아준다고 하면서, 내일의 아홉 바늘 수고를 막기 위해 오늘 천 바늘을 꿰매고 있다. 일, 일, 하지만 우리는 이렇다 할 중요한 일 하나 하고 있지 않다. 단지 무도병舞蹈病[8]에 걸려 머리를 가만히 놔둘 수가 없을 뿐이다.」

배가 고프기도 전에 굶어 죽을 각오를 하는 우리들은 어떻게 될지도 모르는 '나중'을 위해 '오늘'의 삶을 저당잡힌 채 살아간다. 소로우처럼 숲으로 들어갈 결심을 하지 못하는 나는 내일의 아홉 바늘 수고를 막기 위해 오늘 천 바늘을 꿰매는 삶을 이어가고 있다.

시월 학회 시즌이 돌아오면 매일 아침 숨이 턱 막힌다. 주말에는 학회 좌장으로서 꼭 참석해야 할 심포지엄이나 콘퍼런스로 지방에 내려가야 하는 경우도 많다. 스케줄을 보니 거의 두어 달 동안은 옴짝달싹 못하게 일정이 빼곡하다. 저녁 약속은 매일 한두 건, 심지어 세 건을 감당해야 하는 날도 있다. 외래, 수술, 주말 학회, 심지어 새벽 조찬 모임까지…….

'간소하게, 간소하게 살라'는 소로우의 말처럼 내 삶을

8) 뇌 질환의 일종으로 끊임없이 움직이는 병증

조금이라도 간소하게 추려보려고 무던히 돌아보지만 좀처럼 일이 줄지 않는다. 과연 이 일들이 꼭 필요한 건가 되물으며 불필요한 것들은 가급적 줄여보려 해도 영 쉽지 않다.

　바빠 죽겠다는 푸념이나 늘어놓으려는 것은 아니다. 바쁜 일정 속에서도 여유를 잃지 않는 마음가짐에 대해 짚어보려 한다. 아무리 몸이 바빠도 마음까지 바쁘면 안 되겠기에. 마음까지 바쁘면 무언가에 쫓기듯 예민해지고 강퍅해지기 마련이라서.

　단 십분이라도 쉼표를 찍듯 눈을 감고 호흡을 고르며 속도를 조절하려고 한다. 화장실에 잠깐 앉아서라도, 천천히 물 한잔 마시면서라도, 창밖으로 하늘과 나무를 잠시 쳐다보면서라도.

　일부러라도 의식적으로 크게 심호흡을 하며 잠시 손과 머리를 멈춘다. 쉼표를 찍는 십분의 행위가 별거 아닌 것 같아도 효과가 꽤 크다. 짧은 순간인 것 같지만 잠시 멈춘 십분은 의외로 길다.

　바쁨도 중독이라고 하지 않던가. 매 순간 너무 바쁘게 살아온 사람들은 쉬는 법을 모른다. 어쩌다 여유로운 시간이 주어져도 어쩔 줄 몰라 한다. 할 일이 없으면 마음이 불안하여 자꾸 새로운 일을 만들기도 한다. 이렇게 평생을 경주마처럼 앞만 보고 달리다 보면 자칫 자기 자신을 잃어버리는 불상사가 생기기 십상이다.

나 역시도 그랬다. 일에 파묻혀 살면서 사실 소중한 것을 놓칠 때가 많았다. 오직 내 일과 연구에 대한 생각만으로 마음이 꽉 차 있어서 무엇을 잊고 있는지조차 알아차리기 어려웠다. 그게 최선을 다하는 태도이고 그게 프로의 삶이라고 여겼던 적도 있었다. 그러나 이젠 안다. 이 모든 것은 물리적 시간이 아니라 결국 마음의 문제라는 걸.

아무리 몸이 바빠도 마음속에 단 십분의 여유만 있으면 돌아볼 수 있다. 타인의 마음과 내 마음을 살필 수 있는 십분의 여유. 내게는 참 금쪽같은 시간이다. 이제는 그 시간을 하찮게 버리지 않는다. 잘 내려가야 하는 나이가 되어서야 비로소 얻게 된 한 움큼의 지혜다.

「내려갈 때

보았네

올라갈 때

못 본

그 꽃」

    고은 시인의 〈그 꽃〉이란 시가 유달리 마음속에 꽃 피
듯 피어나는 요즘이다.

커피 황홀경

따로 운동할 시간을 내는 게 여의치 않아 짬이 날 때마다 자주 걷는다. 혼자 높은 데도 오르고 청계천도 걷고 동네 공원도 걷는다. 헤드셋을 쓰고 음악을 들으며 발길 닿는 대로 걷다 보면 이삼만 보 훌쩍 넘길 때도 있다. 무작정 걷다가 문득 눈에 띄는 아무 카페나 들어가 커피 한잔 마시면 어디 멀리 여행이라도 온 기분이 든다. 내가 무척 사랑하는 우연이다. 우연한 곳에서 마시는 커피가 맛까지 훌륭하면 그야말로 커피 황홀경! 날씨는 그저 거들 뿐이다. 드라마 〈도깨비〉 대사처럼 날이 좋으면 좋아서, 날이 좋지 않으면 좋지 않아서, 날이 적당하면 적당해서, 모든 날이 다 좋다.

어떤 날은 카페를 벗어나 커피를 손에 들고 정처 없이 걷기도 한다. 한강 잠수교 어딘가에서 흐르는 강물을 바라보며 마시는 커피 맛도 황홀경이다. 집에서 급히 내린 커피를 텀블러에 담아 와서 마셔도 '아, 좋다!'하는 감탄사가 흘러넘친다. 이런 '감탄 커피'에는 역시 물멍, 불멍 같은 '멍 때리기'가 한몫한다. 풍경과 상쾌한 공기까지 블렌딩하면 완벽한 '감탄 커피' 완성이다.

오늘의 커피 원두 이름은 '황홀경'이다. 블렌딩은 콜롬비아와 케냐, 과테말라, 브라질. 바디 5+, 비터 4+, 산도 2+, 당도 2+다. 혀에 착 감기는 맛이 딱 내 취향이다. 바로 앞에서 정성스럽고 능숙하게 드립 커피를 내리는 바리스타의 흰 손목에 눈길이 머문다. 드리퍼 위에는 원두가루가 마치 빵 반죽처럼 한껏 부풀었다. 카페 안에는 베토벤 교향곡이 흐른다.

베토벤 교향곡 5번의 4악장에는 '커피의 잔'이라는 애칭이 붙기도 한다. 월간 〈객석〉의 기자였던 조희창님이 쓴 《베토벤의 커피》를 보다가 베토벤이 매일 아침 60알의 원두를 직접 고르고 갈아 정성스럽게 커피를 내려 마셨다는 사실을 알게 되었다. 정확히 딱 60알이라니. 아침을 시작하는 천재 작곡가 베토벤의 루틴이 조금 강박적인 것 같아 헛웃음이 났다.

"60알의 원두는, 나에게 60가지의 영감을 준다."

소리를 들을 수 없었던 베토벤에게 커피는 맛과 향과 카페인으로 떨림과 영감을 주는 뮤즈였던 모양이다. 물론 의사인 나는 그의 위장과 강박증이 더 우려스럽긴 하지만.

반가운 손님이 내 방으로 찾아오면 가끔 드립 커피를 내려주곤 한다. 전문 바리스타처럼 섬세하고 완벽하진 않아도 갓 볶은 커피의 신선한 향을 전하고 싶어서다.

커피 황홀경을 경험하고 싶다면 언제든 내 방으로 찾아오시라.

자전거 예찬

내가 자전거를 제대로 배워서 타기 시작한 건 불과 몇 년 전이다. 어렸을 때는 키가 너무 작아 두발자전거를 배우지 못했다. 친구들이 큰 자전거를 타고 다니는 게 부러울 때면 '저건 위험한 거야.' 스스로 정신승리를 하며 애써 외면하기도 했다.

그러다 코로나 시기에 우연히 '자전거 탈 결심'을 하게 되었다. 헬스장도 가기 어렵던 상황이라 달리 운동할 게 마땅치 않았다. 그때 마침 눈에 띄었던 게 바로 자전거! 병원 스포츠센터 한쪽 구석에 즈위프트 실내 자전거를 설치해 놓고 타다가 서울시 따릉이로 자전거를 배웠다. 그리고는 로드 자전거 한 대를 마련하여 몇몇 스포츠센터 선생님들과 같이 밖으로 나가 달렸다. 와! 마치 신세계가 열린 듯 짜릿하고 상쾌했다.

자전거는 재미있으나 운동할 시간이 늘 없는 나에게는 그나마 멋진 한강변 출근길이 있었다. 반포대교부터 행주대교까지 22킬로미터 강변길. 가끔 시간이 날 때면 새벽다섯시 오십분, 아무도 없는 한강길을 달린다. 바람을 맞으며 강변을 달리는 재미가 쏠쏠했다. 로드 자전거는 꽤속도가 빨라 달리는 맛도 났다. 다만, 쫙 달라붙고 엉덩이 뽕이 들어간 자전거 옷이 조금 민망한 게 흠. 이런 자전거 복장으로 출근하면 간호사들과 다른 직원들이 시선을 어디다 둘지 몰라 동공 방황하는 게 느껴졌지만 어쩔 수 없었다. 시간을 아껴가며 짬짬이 타야 했기 때문에 본의 아니게 물의를 일으키곤 했다. 저녁 약속이 있는 날에는 약속 장소까지 브롬톤 자전거를 타고 가기도 했다. 갈아입을 옷까지 다 챙겨서 싸가지고 다녔다.

자전거 타기는 무릎을 지키는 데 참 좋은 운동이다. 무릎에 부담을 주지 않으면서도 허벅지 근력을 키울 수있다. 내 환자들 대부분이 무릎 아파서 오는 사람들이다보니, 나는 자전거 전도사처럼 맨날 자전거를 타라고 권한다.

그런데 나처럼 어려서 자전거를 배우지 못한 사람이 의외로 많다. 어려서 배우지 못한 자전거를 나이 들어 배우려면 얼마나 큰 결심이 필요한지 잘 안다. 게다가 자전거 구입이나 헬멧 등 소소한 장비까지 갖추려면 의외로 초기 비용이 꽤 들어서 금전적인 부담도 크다.

'어떻게 하면 보다 많은 사람들에게 자전거를 배울 수 있는 기회를 주고 함께 꾸준히 탈 수 있도록 도와줄까?'

이 고민 때문에 고양 자전거학교 등 많은 곳을 찾아다녔고 여러 사람들을 만나기도 했다. 지자체가 공공의 영역에서 시민건강을 위해 해야 할 일들이 많이 보였다. 그러나 늘 생각은 많고 꿈은 크고 현실은 더디다.

나를 찾아오는 젊은 환자들 대부분은 운동을 하다가 다쳐서 온다. 운동은 너무 중요하고 꼭 필요하지만 자칫 큰 부상을 일으킬 수도 있다. 잘못된 운동 방법은 오히려 독이 되기도 한다. 안 하느니만 못한 경우도 꽤 있다. 농구, 축구, 마라톤 등 무리한 운동 때문에 무릎이 망가지는 경우가 부지기수다.

일단 무릎을 다쳐서 한 번 수술한 뒤에는 기존처럼 다시 무릎에 큰 충격을 주는 운동은 가급적 자제하는 게 좋다.

"그럼 저는 이제부터 무슨 운동을 할 수 있어요?"

낙담한 수술 환자들이 볼멘소리로 물으면 준비해 둔 답을 큰소리로 외친다.

"자전거 타세요!"

수영도 좋은 운동이지만 가까이에 자주 다닐 수 있는 수영장이 없으면 불가능하다. 그러나 자전거는 어디서나 손쉽게 탈 수 있다. 비록 날씨에 제약이 있기는 하지만 한 번 배워두면 나이 들어서까지도 꾸준하게 할 수 있는 좋은 운동 중 하나다.

부디 당신도 두 바퀴로 달리는 재미에 흠뻑 빠져보기를 권한다. 자전거로 단련된 튼튼한 허벅지 근육이 평생 무릎을 지켜줄 것이다. 다시 봄, 자전거 타기 좋은 계절이 왔다. 나는 오늘도 자전거 타러 간다.

길을 잃고 헤매야 여행이다

삶은 곧 여행. 기억나는 여행 이야기를 하나 꺼내볼까?

이탈리아 북부 여행은 나의 버킷리스트 중 하나였다. 특히, 이탈리아 북서쪽 대서양에 맞닿은 해안 절벽의 작은 다섯 개 마을 친퀘테레Cinque Terre는 평생 꼭 가보고 싶은 나의 5대 위시리스트에 들어 있었다. 그런데 유네스코 자연유산으로 등재된 이후 너무 유명해져서 성수기에는 수많은 관광객들로 붐빈다고 했다. 나는 일부러 성수기를 피해 겨울 친퀘테레를 보기로 했다. 마침 학회가 열리는 볼로냐가 이탈리아 북부 도시라 주저 없이 떠났다. 십일월부터 이월 사이에 레반토Levanto 트레킹 계획도 세웠다. 겨울철에는 이 마을들을 잇는 해안 산책로가 폐쇄되고 크루

즈 역시 운항하지 않았지만 작고 예쁜 마을을 한적하게 둘러볼 생각에 가슴이 뛰었다. 시골 기차의 매력을 한껏 느끼기에도 무척 좋은 시기였다.

한 시간에 한 대 정도 있는 완행 기차를 타고 마을을 도는 재미가 쏠쏠했다. 라스페치아La Spezia 중앙역 근처에 숙소를 정한 뒤 친퀘테레 패스를 끊고 각 마을을 방문했다. 라스페치아에서 제일 먼 몬테로소Monterosso 부터 베르나차Vernazza, 코르닐랴Corniglia, 마나롤라Manarola, 리오마조레Riomaggiore 순서로 마을을 지났다. 마을과 마을 사이는 기차를 타고 오분 정도 걸렸다. 마을에 도착하면 기차에서 내려 한 시간 정도 머물렀다. 마을마다 각기 다른 풍경에, 깎아지른 절벽 위의 파스텔톤 집들까지! 어디에서도 보기 힘든 멋진 모습이었다. 게다가 지중해의 파도까지 거들어 주니 한결 색다른 감동이 넘쳤다.

가장 인상 깊게 본 마을은 마나롤라. 해안 절벽을 따라 푸른 산책길이 있고 다양한 색의 집들이 어우러져 한 폭의 그림을 완성한다. 원래 이 마을은 이미 12세기에 자주 출몰하는 해적들을 막기 위해 견고한 요새를 건설한데서 출발하였다. 지금은 전쟁, 군 시설 등과는 전혀 다른 평온한 어촌이다. 척박한 자연 환경을 예술의 경지로 승화시킨 인간의 의지에 박수와 존경을 보내게 된다. 야경도 뛰어나다던데, 아쉽게도 비가 많이 내려 밤에는 가지 못했다.

그다음으로 멋있는 곳은 리오마조레였다. 친퀘테레 첫 번째 마을로, 이 마을 사진이 친퀘테레를 대표하는 전경으로 많이 소개되어 여행자들에게 익숙하다. 이 마을에서 두 번째 마나롤라까지 가는 해안 산책로가 아름다워 '사랑의 길'로 알려져 있다. 그러나 몇 년 전 태풍으로 일부 구간이 손상되어 폐쇄되었다. 물론 태풍이 아니더라도 겨울에는 폐쇄된다니, 오히려 나는 서운할 게 없었다.

하루를 꼬박 돌아다니고도 뭔가 아쉬움이 남아 직접 두 발로 구석구석 걸어보기로 했다. 겨울철이라도 레반토부터 몬테로소 구간은 트레킹이 가능해 도전해 보았다. 두 시간 삼십분 정도 소요되는 이 코스는 통상 좀 쉬운 코스로 알려져 있지만, 결코 만만한 난이도는 아니었다(미리 알았더라면 아마 도전하지 않았을 정도). 그러나 빡센 트레킹으로 느껴본 대자연의 속살은 차를 타고 쓱 지나치는 것과는 비교할 수 없는 짜릿함을 주었다.

오른쪽으로 깎아지른 절벽을 두고, 사람 하나 지날 수 있는 좁은 길을 홀로 걸었다. 숨을 헐떡거릴 때마다 자연은 살짝 자신의 모습을 드러내 주었다. 스스로 힘들게 발걸음을 옮겨야만 땀 식혀 줄 바람을 선물했다. 정직한 자연의 보상.

나이가 들면서 걷기를 좋아하게 되었다. 걸어야 비로소 보이는 것들이 있다. 인생을 어떻게 살아가야 하는가를 걷기를 통해 배우고 있다. 내 위시리스트 다섯 개 항목도 모두 걷거나 움직이는 것. 이탈리아의 친퀘테레를 시작으로 스페인 산티아고 순례자의 길, 페루 마추피추 트레킹, 뉴질랜드 밀포드 트레킹, 미국 그랜드 써클 자동차 일주 등이다.

길을 걸으면 누구나 공평해진다. 한 번 이 코스에 들어오면 누구나 자신에게 주어진 그 길을 오로지 자기 두 발로 걸어야 한다. 누구도 대신해 줄 수 없고 누구에게도 의탁할 수 없다. 빨리 걸어서 일찍 목적지에 도달한다고 승리를 얻는 것도 아니다. 오히려 주변을 돌아보지 않고 오직 앞만 보고 결승점에 일찍 도달하면 늦게 들어오는 이들보다 느끼고 얻는 것이 적을 수 있다. 결과보다 과정이 중요하고, 과정 자체를 더 즐기기 위해 주변을 돌아보아야 한다는 것도 배운다. 혼자 걷다가 같은 길을 걷는 다른 이들을 만나면 반갑고 고맙기도 하다. 힘든 길 위에 나 혼자 서 있는 건 아니라는 동지 의식에 위로도 받는다.

때로는 뒷사람에게 길을 양보하고 그들의 뒤를 따라 걷기도 한다. 그렇다고 경쟁에 뒤쳐지는 건 아니다. 경쟁심을 내려놓고 걸으면 마음이 편하다. 앞서거니 뒤서거니 서로를 밀어주고 끌어주면 힘든 길 가는 게 훨씬 수월하다. 아프리카 속담에 빨리 가려면 혼자 걸어야 하지만 멀리 가려면 함께 걸어야 한다는 말이 있지 않은가. 힘든 길을 걸어보면 안다. 그 말이 품은 진리를.

대부분의 길에는 먼저 걸었던 이들의 흔적이 있다. 여행자들의 눈에 잘 띄도록 알아보기 쉽게 아주 단순한 표식이 만들어져 있다. 때로 우리가 엉뚱한 길로 접어들어서 헤매더라도 이 표식 덕분에 제자리로 돌아올 수 있다. 바로 이 이정표를 통해 우리는 길을 먼저 걸었던 이들과 연대하고 역사를 통한 교훈도 얻는다. 내 뒤에 따라올 누군가를 위해 나 역시 작은 표식 하나 남겨두어야 한다는 책임도 배운다.

마지막 종착지에 도달하여 뒤돌아보면, 내가 걸은 그
길이 눈으로는 식별하기조차 어려울 만큼 작은 오솔길에
불과했음을 깨닫게 된다. 그러니 친구여. 우리가 지금껏
걸어온 길을 너무 특별하다고 여기지 말자. 나 혼자 힘들
게 여기까지 왔다는 알량한 자부심도 내려놓자. 나 혼자
힘만으로 여기까지 온 건 아니다. 수많은 이들의 도움과
연대가 있었으며, 눈에 보이진 않아도 신의 가호와 섭리가
나를 끌어주고 밀어주었기에 가능한 일이었다.

이제 다시 길을 나서야 할 때. 루쉰의 말처럼 이제는
우리가 길이 되자.

「희망은 본래 있다고도 할 수 없고, 없다고도 할 수 없는 것.
마치 땅 위의 길과 같다. 본래 땅 위에는 길이 없었다. 걸어가는
사람이 많아지면 그것이 길이 되는 것이다.」

_소설 《고향》 중에서

길을 잃어버렸다. 이틀 동안 짧은 프랑스 와이너리 투
어를 마치고 다시 출장으로 돌아왔다. 일행은 부르고뉴
로 떠나고 난 보르도 역에 내려 다시 혼자가 되었다. 내게

남은 시간은 달랑 세 시간. 남은 세 시간을 알차게 쓰려고 꼼꼼히 계획을 짰는데 보르도 중앙광장에서부터 그냥 눈이 끌리는 대로 가다 보니 증권 거래소가 있는 부흐스 광장Place de la Bourse과 가론Garonne 강가로 나가는 방향을 잃어버린 것이다.

당황스러웠다. 말도 잘 통하지 않았다. 짧은 시간 봐야 할 곳이 너무 많은데……. 마음이 조급해졌다. 잠시 헤매며 바삐 여기저기 걸었다. 그러다 생각지 않았던 멋진 광경을 만났다. 그때 문득 깨달았다. 내가 이곳에서 무엇을 절박하게 꼭 봐야 하는 것은 없다는 걸. 모든 것을 내려놓고 발길 닿는 대로 천천히 걸어도 충분하다는 걸. 그게 여행이라는 걸.

바쁘게 봐야 한다는 절박함이 사라지자 비로소 이곳 사람들이 걷고, 숨 쉬고, 생활하는 모습들이 차츰 눈에 들어왔다.

난 지금 어떻게 살고 있는가? 언제나 쫓기듯 바빴고 무엇을 하든 목표를 정해놓고 달렸다. 이제는 그냥 천천히 헤매도 괜찮지 않을까? 길을 잃어 헤매면 그냥 좀 헤매게 놔두자. 조바심 내지 말고 느긋하게 헤매 보자. 큰 방향만 잡고 있으면 좀 늦더라도 언젠가는 목적지에 닿겠지. 길을 잃고 헤매야 진짜 여행. 삶에서도 길을 잃는 걸 너무 두려워할 필요는 없겠다. 단 한 번도 길을 잃지 않았다는 게 꼭 좋은 것만은 아닐 테고.

P.S) 이 글의 제목은 내가 좋아하는 최영미 시인의 수필집 《길을 잃어야 진짜 여행이다》에서 빌려왔다. 그분께 드리는 오마주로 이 제목을 허락받았다.

벼랑 끝에 서다

I'm always standing on a ledge.

나는 늘 벼랑 끝에 서 있었다. 그 어떤 정치적인 위치나 큰 집단을 대표하는 위치가 아닌 무릎관절과 스포츠의학에서의 이야기이다. 언제부터인가 감당하기 힘든 난치의 환자들이 나를 찾아오게 되었고, 내가 치료를 피하고 보낼 수 있는 다른 곳을 찾기 힘들어졌다.

2018년 5월 8일에 방영했던 EBS 〈명의〉의 촬영을 막 시작할 무렵, 한 유명 인사가 진료실을 찾았다. 국가대표 축구 선수 출신의 프로팀 축구 감독. 사십 대의 활동적인 감독으로 십 년은 더 현장에서 지도자 생활을 하고 싶은데 밤에는 누적된 통증으로 잠을 자기 힘들다고 했다. 엑스레이상으로는 이미 관절염 4기. 인공관절 치환술 이외에는 마땅한 치료가 없는 상황이었다. 환자는 통증 완화를 위해 직업과 꿈을 포기할 수 없기에 인공관절을 권하는 많은 병원을 거쳐 마지막으로 내게 찾아온 것이었다.

방송 프로그램 〈명의〉의 작가들은 나와 미리 각본에 대해 상의하지 않고 조용히 구석에서 내 진료를 지켜보며 나 몰래 스토리를 만들었는데, 막내 작가에게 이 환자가 특별히 각인되었던 것.

보낼 데도 없고 피할 데도 없는 이 상황. 벼랑 끝에 서있는 심정으로 치료 방침을 고민했다. 다 망가진 관절을 회복시키는 것은 의사의 영역이 아닌 신의 영역. 지난 십여 년간의 경험과 준비를 다 동원하여 지금껏 가보지 않은 새로운 영역의 치료에 도전한다.

줄기세포 치료, 반월상 연골 이식술 등 첨단 치료를 동원해 본들, 뼈와 뼈가 붙어 생존 공간 자체가 없는 4기 관절염 환경을 이겨낼 수는 없다. 몸무게를 이겨낼 만큼 관절을 들어올리고 바이오 솔루션이 생존할 수 있는 환경을 만들어야 한다.

90년대 초, 전공의 초년생 시절 많이 하던 외고정 기기를 떠올린다. 일자 로프 외고정 기기. 뼈에 핀을 박고 원형

외고정 기기를 써서 관절을 들어올린 후 연골 재생과 반월상 연골 이식을 동시에 하는 큰 수술이다. 다들 미쳤다거나 너무 험한 수술이라 만류했다. 모든 부작용을 감수하겠다는 환자들의 의지가 아니었으면 엄두도 내지 못할 일이었다. 용기를 내준 환자 덕분에 이 수술은 〈명의〉 방송을 통해 세상에 알려졌다.

하지만 정작 의료계에서는 너무 복잡하고 큰 수술이라 어떤 요소가 증상 개선에 결정적 역할을 하는지 과학적 연관성을 찾기 힘들다며 부정적이었고, 이러한 이유로 유수 학술지에서는 이 수술 관련 논문을 번번히 거절하였다.

칠 년이 지난 현재, 어느덧 백오십여 분의 말기 관절염을 가진 젊은 환자를 이 방법으로 치료했다. 세 편의 관련 논문이 유수 학술지에 실렸으며, 코로나 시기 파리에서 있었던 유럽 학회를 시작으로 일본과 미국 등지에서 초청 발표를 하게 되었다.

이제는 이 치료 방법에 대해 아무도 무모하거나 과격한 수술이라 말하지 않는다. 전문가들끼리는 다른 대안이 없다는 것을 알기에 'Dr. Kim' 소개를 'Terminal Surgeon'이라 한다. 최근 도쿄 학회에서는 정작 초청한 일본 의사들보다 초청받은 미국 의사들이 나와 이 수술에 더 큰 관심을 가진다.

'그래. 인기도 없고 배울 필요도 없는 이 험한 수술을 누군가는 해야 한다. 그게 나라면 기꺼이 벼랑 끝 삶을 받아들여야겠지.'

무모해서 사라질 것 같았던 이 수술은 새로운 미래 가능성을 여는 수술로 여겨진다.

이제 사십 년된 러시아제 외고정기를 첨단 한국제 로봇 기기로 바꾸어야 할 때. 또 하나의 숙제다.

여전히 나는 맨 가장자리, 끝에 서 있다. 그러나 그 끝은 벼랑 끝이 아니라 최첨단의 끝이다.

I'm now standing on a cutting edge!

PART 6

어떤 돌팔이 의사의 꿈

좋은 의사가 된다는 것은

건국대병원 정형외과 무릎관절센터 전임의 수료식 때였다. 함께 동고동락했던 네 명의 펠로우 중 세 명이 공식적으로 수련을 수료하던 날이었다. 정형외과 전공의 사 년의 수련을 다 마치고 전문의가 되어 다시 무릎관절의 세부 전공을 수련하는 일은 결코 만만치 않은 과정이었으리라. 많은 수술과 외래업무, 이보다 훨씬 더 많은 강의 준비와 논문 작업까지. 꼬박 일 년 동안 저녁 없는 삶을 견뎌온 걸 알기에 더욱 진심어린 수료식을 마련해 주고 싶었다.

매년 내가 준비하는 선물은 수료증, 감사패와 함께 그동안 함께 만든 강의록, 논문, 수술 비디오 등을 담은 외장하드 디스크다. 앞으로 이 대용량을 환자의 진료와 연구로 가득 채울 것으로 기대한다는 의미다. 그리고 또 하나. 대학의 울타리를 벗어나 전문가로 첫발을 내디딜 후배들에게 몇 가지 당부를 전한다. 제자들의 주례사를 준비할 때처럼 떨리는 마음으로.

첫째, 앞으로 아주 외로워질 것이다. 수술에 대한 모든 것을 스스로 결정해야 한다. 잘된 것인지 문제가 있는 것인지도 스스로 판단해야 하며, 모든 결과를 오로지 혼자 책임져야 한다. 이런 외로운 사람들을 사회는 전문가라 부른다. 숙명처럼 외로운 길을 당당히 걸어가라.

둘째, 실패를 기꺼이 받아들이고 숨기지 마라. 실패를 인정하지 않으려 하거나 숨기려 할 때 더 큰 문제가 발생한다. 그러나 똑같은 실수를 반복하지 마라. 그런 사람은 프로가 아니다. 나와 함께 매년 수백 례를 시행하는 전방십자인대 재건술. 삼십분도 채 걸리지 않는 이 수술을 백여 개의 스텝으로 상세히 나누고 기술하는 이유는 그만큼 실수를 했기 때문이고, 같은 실수를 하지 않기 위해서는 철저한 복기의 과정만큼 중요한 게 없기 때문. 좋은 수술은 모든 실패에 대한 상세한 기억에서만 가능하다.

셋째, 지금까지 배워온 것은 스승의 세계다. 최근 일 년 간은 나의 세계를 엿본 것일 뿐. 부럽거나 그 세계의 일원 으로 착각할 수도 있겠으나 이제부터는 자신만의 세계를 만들어 가야 한다. 결국 남는 것은 전문의 누구누구라는 자신의 이름 석자다.

넷째, 좋은 의사가 되고 싶은가? 그러면 Sympathy(심 퍼시, 동정)와 Empathy(엠퍼시, 공감)를 구분해라. 우리가 갖 추어야 하는 것은 Empathy. 환자의 고통에 동참하고 공 감할 수 있는 능력과 겸손이다. 동정과 연민의 Sympathy 가 일견 더 숭고해 보일 수 있으나 그 저변에는 저들이 불 쌍하니 내가 고쳐야겠다는 우월적 마음이 깔려 있다. 눈 높이를 환자와 수평하게 맞춰야 한다. 환자의 아픔을 이 해하고 내가 할 수 있는 일에 최선을 다하는 게 중요하다. 환자가 병을 극복하는 것은 의사가 똑똑해서만은 아니다. 신의 은총이 될 수도, 환자 본인의 강한 의지나 보호자들 의 정성 때문일 수도 있다. 의사 손에 모든 게 달려 있다고 생각하지 말 것. 그 자체가 교만일 수 있다. 의사에게 주어 진 임무가 아주 크지 않다는 것을 겸손히 받아들여야 한 다. 그래야 Sympathy가 아니라 Empathy가 가능하다.

마지막으로 다섯째, '진실한가?' 늘 이 질문을 스스로에게 던질 것. 명의가 되는 왕도는 없다. 진실한가에 대한 질문을 끊임없이 던지고, 그 진심을 환자들이 알아줄 것이라는 믿음을 잃지 않을 때 비로소 좋은 의사에 한 발짝 다가가는 것뿐. 삼십 년이 넘는 시간 동안 내가 가장 치열하게 했던 질문은 바로 그것이다. 의사와 환자 사이의 믿음이 사라져가는 요즘 나는 더욱 절실히 느낀다. 그 질문은 틀리지 않았으며, 아직 유효하다는 것을.

운동이 약이다

세상은 약간 미친 사람들을 통해 아주 조금 바뀐다. 라 모 교수의 펠로우 시절, 나와 함께 미국 정형외과 학회에 참여했다. 로드아일랜드의 프로비던스였던가? 전방십자인대 재건술의 큰 방향이 혁명적으로 바뀌던 시기라 학회 분위기는 그 어느 때보다 뜨거웠다. 우리는 학회장 안에서뿐 아니라 학회장 밖에서도 온통 수술에 대한 이야기뿐이었다. 빠듯하고 고단한 일정이 모두 끝난 후에도 지친 기색 없이 호텔 밖 벤치에 나가 수술 이야기를 나누며 밤을 지새웠다. 우리가 새로 시작할 수술의 내용, 재활의 방향, 미국에서 인정받지 못하는 대한민국의 의료 현실에 대한 설움 등을 앞다투어 떠들었다.

어떤 거대한 파도가 밀려오듯 거센 에너지가 우리를 끌어올렸다. 몰입했고, 집중했고, 단순해졌다. 머릿속은 딱 하나의 생각만으로 꽉 찼다. 시간이 어떻게 흘렀는지 모를 지경이었다.

"자, 이제는 말로 했던 이 수술 방법을 호텔방에 들어가서 적어보자!"

신이 나서 이야기했더니 라 교수가 손가락으로 하늘을 가르켰다.

"저기 해가 뜨네요. 일출이나 보고 가시지요."

정신 차리고 보니 음료수 하나 놓고 호텔 밖에 앉아 꼬박 밤을 샌 것이었다. 드디어 우리가 미쳤구나, 자각하는 순간이었지만 설레고 벅찼다.

누구나 그런 순간이 있을 것이다. 가지고 있는 모든 에너지를 집약시켜 쏟아붓는 순간. 내가 미쳤나 싶은 순간. 그 순간이 바로 인생의 변곡점이다.

미국 프로비던스 호텔 밖에서 일출을 맞은 그 순간 이후 지금까지 나의 직업 생활은 'How to organize our passion?(우리의 열정을 어떻게 정리할까?)'에 대한 대답이었다. 방에 올라가서 우리가 나누었던 이야기를 정리해보자고 했었는데, 그 정리를 이십 년 넘게 해왔던 거다. 수술이나 연구뿐만 아니라 환자들의 치료 방법에 대한 정리까지도. 환자 스스로 운동하여 치료에 동참하도록 만드는 '운동이 약이다Exercise is medicine'는 이런 배경에서 탄생했다.

무르팍 의사로서 나의 슬로건은 지금도 여전히 같다. 바로 운동이 약이라는 것! 병을 고치는 지속 가능한 힘은 의사 손이 아니라 환자 본인의 힘으로 완성된다. 운동하기 싫어하는 환자를 돕고, 운동이야말로 그 어떤 약보다 더 큰 치료 효과가 있다는 것을 환자 스스로 자각하게 만드는 것. 그것이 무르팍 의사의 첫 번째 역할이다.

어쩌면 그냥 약 한 알 처방해 주는 게 더 쉬울지 모른다. 움직이기 싫어하는 환자를 억지로 일으켜 세워 꾸준히 운동하도록 만드는 일은 세상에서 가장 힘든 일이니까.

그러나 어렵다고 해서 중단하거나 편한 길로 돌아가는 건 올바른 방법이 아니다. 약 한 알 먹어서 뚝딱 낫는 병이라면야 얼마나 좋을까마는 아직 그런 무르팍 약은 세상에 없다. 그러니 나는 오늘도 약장사처럼 약 팔러 다닌다. 운동이 약이라고.

환자 옆에서 의사의 발걸음은
무거워야 한다

평생 환자 보는 일 말고 다른 일은 해본 적이 없고, 가장 잘할 수 있는 일 역시 진료 보고 수술하는 것뿐이다. 평생 농사만 지어온 촌부처럼 평생 남의 무르팍만 들여다보며 살아온 외골수 인생이다. 어떻게 보면 단조로운 일상을 반복하는 사람이지만 틈틈히 시간 날 때마다 기록을 남겼다. 아무리 하찮은 기록이라도, 기록은 흘러가버린 시간을 붙잡아 재생시키니까.

무심코 플레이 버튼을 눌러보니 고작 병원 안에서 겪은 일들이 대부분이다. 내 모든 청춘의 시간이 몇 평 안 되는 수술실과 진료실 안에 묻혀 있다. 하루 여덟 시간씩 어림잡아 헤아려 봐도 일 년이면 삼천 시간 가까이 된다. 삼천 시간씩 삼십 년의 세월이 흘렀다. 그 사이 푸르던 돌팔이 의사는 사라지고 정년을 앞둔 머리 희끗한 사내 하나 남았다.

뼈나 관절을 다루는 정형외과 의사에게 가장 중요한 감각 하나를 들라면 공간 위치 감각일 것이다. 우리 같은 직업을 가진 사람들은 이차원의 방사선 검사를 통해 삼차원의 실행을 해야 한다. 부러진 뼈를 맞추거나 뼈 안에 금속을 잡아넣거나 평면의 정보로 입체 공간을 유추하는 일들이다.

나는 그게 잘 안 된다. 수련 기간 중 응급실에 손목 부러진 환자가 오면 그걸 맞추는 게 제일 안 되던 꼴찌 전공의였고, 스태프가 되어 뼈 안에 넣은 금속정의 구멍에 나사를 잡아넣는 일도 잘 안 되어 세 시간을 헤매기도 했던 사람이 바로 나였다. 모든 의료진이 기피하는 '젬병 의사'라는 오명을 달고 다녔다. 때문에 항상 수술 전날 밤늦게까지 혼자 엑스레이를 봐야 했고, 실수했던 것을 기록하고 다시는 같은 실수를 반복하지 않기 위해 남들보다 더 노력해야 했다. 매년 천 건 이상 수술하는 의사로 살고 있는 현재 내 삶은, 벽돌 한 장 한 장 쌓아나간 시간의 결과다. 다른 편한 길도, 피하는 법도 알지 못한다.

삼십 년 정도 했으면 수술은 이제 눈 감고도 하지 않냐고? 천만에! 어림없다. 수술은 할 때마다 어렵고 긴장된다. 손끝에 느껴지는 감각 하나에 고도로 집중해야 하고, 함께 수술하는 우리 팀들과의 빠른 의사소통도 이루어져야 한다. 어깨 너머로 대충 보고 따라할 수 있는 게 아니다. 그렇기 때문에 힘들고 더디더라도 충실한 수련 생활이 꼭 필요하다. 한 장씩 한 장씩 벽돌 쌓아올리듯 정직하게 수련하는 시간. 수술의 성공과 실패를 가늠짓는 건 비싼 의료 장비가 아니라 오랜 시간 차곡차곡 쌓은 의사의 경험이다.

내 손끝 하나에 자신의 생명을 맡기고 수술대에 눕는 환자를 생각하면 그 수련의 과정을 절대로 소홀히 하기 어렵다. 의사로 산다는 것은 그만큼 책임감이 큰 일이다.

나는 어떤 의사인가. 어디쯤 와 있나. 무거운 마음으로 스스로에게 묻지만 아직도 명쾌한 답을 구하기 어렵다. 처음 수술실에 들어갔을 때 느꼈던 긴장과 두려움, 서툴고 무뎠던 돌팔이의 손이 이제는 과연 능숙해진 걸까? 손 기술이 능숙해졌다고 해서 수만 시간의 고군분투가 명예롭게 치장되는 걸까?

환자 옆에서 의사의 발걸음은 무거워야 한다. 그 어느 때보다 이 말이 사무치게 가슴을 울리는 요즘이다. 신중하고 분별 있게 행동하기가 여간 어려운 게 아니다.

정치는 학문의 세계와 거리가 멀고 때때로 폭력적이기도 하다. 한번에 뜯어고칠 수도 없는 노릇이다. 원하든 원하지 않든, 변화는 다가올 테고 강물은 흘러갈 것이다. 강물 줄기를 내 마음대로 바꿀 수는 없다 하더라도 이 하나만은 포기하지 말자. 환자에 대한 마음, 생명을 다루는 일에 대한 신중함! 그리고 무슨 일이 있어도 의사가 있어야할 자리는 환자의 곁이라는 사실. 이것을 잊어서는 안 된다. 어떤 상황에서든 아픈 환자를 두고 의사인 내가 먼저병원을 떠날 수는 없다. 피할 수 없는 의사의 숙명이다.

수술실에서 보낸 3만 시간

　2024년 10월 5일 대한관절경학회 정기 학술대회가 열리던 날. 특히 이날은 처음으로 국제 학술대회로 치뤄져 꽤 성대한 자리였다. 마침 나의 회장 임기도 마치는 날이어서 학회 중간 골든 타임에 특별 강연을 하게 되었다. 한 달 전부터 강연 주제를 달라는 부탁을 받았던 터라, 어떤 이야기를 하면 좋을까 고민이 많았다. 학회 회장을 마치면서 하는 고별 강연에 딱딱한 학술적 내용을 담기에는 너무 가벼웠고, 무언가 인생의 한 획을 마무리하는 회고의 연설을 하는 것은 지나치게 무거운 주제였다. 지나간 십여 년, 대한관절경학회 총무를 하면서 우리나라를 대표해 여러 학술적인 활동을 해왔다. 이제는 이루고자 했던 것들

을 후학들에게 넘기고, 무대에서 내려와 뒤에서 주연들의
활동을 도와주어야 하는 자리에 있다. 어떤 이야기가 적절
할까. 생각 끝에 내가 정한 강연 주제는 '관절경과 함께 한
1만 시간'.

그보다 훨씬 더 큰 국제 학술대회 강의에서도 별로 떨
어본 적이 없었는데 그날의 강의는 많이 떨렸다. 아마도
부끄러운 내 인생을 돌아보고 공개하는 자리여서 그랬던
것 같다.

1만 시간의 법칙. 워싱턴 포스트 기자 출신 말컴 글래
드웰이 집필한 책《아웃라이어Outlier》에서 언급된 법칙이
다. 우리가 타고난 천재라고 알고 있는 빌 게이츠, 모차르
트, 비틀즈 등도 그들이 대가의 위치에 도달할 때까지 예
외 없이 숨겨진 일정한 시간, 1만 시간의 노력이 있었다는
것을 잘 설명하였다. 1만 시간의 노력을 한다고 해서 누구
나 모차르트처럼 되는 건 아니겠으나, 타고난 재능이 있
더라도 1만 시간의 노력이 없다면 재능은 땅에 파묻은 황
금에 불과할 것이라는 생각이 든다.

전문의로서 살아온 나의 삼십 년 인생 중에서 족히 3만
시간은 관절경과 함께 한 시간이었다. 관절경과 함께 한
시간은 곧 수술실에서 보낸 시간이기도 하다. 틈틈이 모아

놓은 추억의 사진들과 함께 배열해 보니 1만 시간씩 구분이 되고, 각 시기마다 어떤 특징이 보인다.

첫 번째 1만 시간은 삼십 대다. 공자가 말한 것처럼 뜻을 세우는 이립의 시기, 세상의 중심에는 내가 있었다. 입신양명, 출세를 향한 조절하기 힘든 야망으로 절치부심했다. 그러나 현실은 초라했고 나는 그저 변방의 무명 의사, 연구자일 뿐이었다.

다행스러운 건지 어리석은 건지는 모르겠으나 그때 나는 내가 초라한 변방의 작은 의사라는 생각을 하지 못했다. 늘 절치부심, 열정과 자부심이 이끄는 대로 뛰어다녔다.

월화수목 금금금의 시간.

인터넷이 많이 발전하지 않았고 우리나라의 위상이 높지 않던 시절. 미국을 동경하였고, 적은 월급을 아껴서 정기적금을 들어 매년 한 번 내가 꾸준히 연락을 해오던 유명한 의사를 찾아갔다. 90년대부터였다. 외국 공항에서 차를 렌털해서 누구의 도움도 없이 처음 가보는 도시의 병원을 찾아가는 일은 언제나 익숙하지 않은 두려움이었다. 한번도 가보지 않은 길을 스스로 만들어 간 시기였다.

두 번째 1만 시간은 사십 대 불혹의 시기다. 늘 사소한 유혹에도 흔들렸던 당시의 내게 '불혹不惑'이란 얼마나 닿기 어려운 산이었는지. 하지만 돌아보니 삼십 대의 어리석지만 진지했던 노력 덕분에 내가 하는 주요 수술은 대부분 사십 대에 완성되었고 그 후 바꾸지 않으려 노력하였다. 새로운 수술 방법은 매년 쏟아지지만 난 유혹됨 없이 '불혹'을 유지한 셈이다. 덕분에 후학들의 새로운 수술들과 비교할 수 있는 레퍼런스Reference를 제공할 수 있었다.

한 가지 영광이 있다면 미국 클리브랜드 클리닉의 한 연구에서 내 수술을 'Gold Standard'로 정하고 다른 방법이 더 우월한지 열등한지 비교한 점이다. 매우 보수적으로, 흔들리지 않는 일관된 자세를 유지해온 결과다. 나는 수술과 학문에서만큼은 전형적인 보수주의자의 특징을 견지하게 되었다.

당시 학회 참석 차 떠돌던 많은 여행 중 런던에서 운 좋게 본 뮤지컬 〈레 미제라블〉의 감동을 잊을 수 없다. 그때 나는 이미 주인공 장발장이 아닌 그를 쫓는 자베르 형사였다. 늘 고지식하게 자기가 믿어온 가치체계 아래서 선을 쫓는 사람, 악역 자베르.

그는 프랑스 혁명 시기, 자신이 믿어온 가치관이 수없이 도전 받았음에도 흔들리지 않고 묵묵히 맡은 일을 수행한다. 자신을 제거할 수 있는 절호의 기회마저 버리고 사랑이라는 이해할 수 없는 명목으로 자신을 구해 준 장발장. 장발장의 존재는 자베르에게 받아들이기 힘든 새로운 가치체계였다. 자기가 속한 세계의 진실이 사라져가는 상황을 느끼며 그는 충성을 바칠 그 어떤 목표를 상실한 채 결국 그의 가치관, 앙시앙 레짐(Ancien Régime, 구체제)을 따라 센강 안으로 사라진다.

거창하게 대작을 언급하였지만 나는 나의 학문이 기꺼이 앙시앙 레짐이 되기를 바란다. 변하지 않는 나의 기준을 부디 후학들이 넘어서며 무대의 주인공이 되어주길 응원한다. 나는 언제든 그들에게 자리를 물려줄 준비를 한다. 보수가, 어떤 가치체계를 지키고 이어가는 것이라면 나는 앙시앙 레짐이고 보수다.

그러나 나는 기꺼이 진보의 도전에 응하겠다. 내가 지켜낸 가치체계에 문제가 있다면 산산이 부서지고 깨져 더 새로운 가치가 탄생하길 기다린다. 역사의 발전은 낡은 것과 새것의 충돌을 통해 이루어진다고 믿기 때문이다. 지금은 왜곡된 '보수'라는 단어가 언젠가는 우리 사회에서도 강직함과 정직함, 새로운 세대를 포용하고 존경받는 단어가 되기를 희망하며. 간절히……

　세 번째 1만 시간은 지천명의 시기. 오십 대에 이르러서야 나는 기도하는 방법을 알게 되었다. 욕심과 야망에 불타올라 이것저것 달라고 간구하던 절박한 두 손에 그리스도는 '먼저 그 나라와 그의 의를 구하라'라는 응답을 주셨다. 이제 세상의 중심에서 나를 내려놓고 자라나는 후학들을 중심에 설 수 있도록 도와주어야 하는 위치에 있다. 다만 내게 남은 능력과 권한이 있다면 '또라이 아웃라이어 Outlier'를 찾는 일. 크리에이티브 마이너리티Creative Minority가 세상을 바꾼다는 것을 자각하고 있는 중이다. 나이가 들어갈수록, 정상에서 잘 내려오는 방법을 고민할수록 열정을 가진 후학들을 지켜보는 시간이 소중하고 보람되다. 아직 다듬어지지 않은 원석이 빛나는 보석으로 성장하는 과정을 지켜보는 것만큼 커다란 행복은 없을 테니까.

　화려하지도, 안락하지도 않은 수술실. 그곳에서 나의 장난감이자 숙명이 되어버린 관절경과 씨름하며 보낸 3만 시간을 뒤로 한 채 어느덧 나는 새로운 곳으로 나아가야 할 시기를 맞았다. 이제 더 넓은 세상 밖, 겪어보지 못한 낯선 시간 속으로 걸어나가야 한다. 걷기 좋아하는 나답게 구석구석 걸어 다니며 세상을 관조하는 변방의 한 사람으로 돌아갈 것이다.

수술실에서 보낸 3만 시간

2025년 3월 5일 초판 1쇄 펴냄

지은이 김진구
발행인 김산환
책임편집 윤소영
디자인 윤지영
펴낸곳 꿈의지도
출력 태산아이
인쇄 다라니
종이 월드페이퍼

주소 경기도 파주시 경의로 1100, 604호
전화 070-7535-9416
팩스 031-947-1530
홈페이지 blog.naver.com/mountainfire
출판등록 2009년 10월 12일 제82호

ISBN 979-11-6762-112-2 (03810)